寄る年波には平泳ぎ

群　ようこ

幻冬舎文庫

寄る年波には平泳ぎ

もくじ

正しいおばちゃん

　私は整理整頓が苦手なので、なるべく日用品は持たないようにしている。東日本大震災の直後、トイレのペーパーがなくなりそうだったので、近所のスーパーマーケットまで出かけた。ところがやたらとトイレットペーパーを持った人とすれ違うのである。私と同年配のおばちゃん、じいさん、ばあさん、子連れの母親、ヤンキー風のあんちゃんまで、トイレットペーパーを手にしている。ふだんはトイレットペーパーを買うために外に出ても、そんなに同じ物を持っている人に会ったことがない。

「おかしいなあ」

　首をかしげながら歩いていると、スーパーマーケットのある方角から、次から次へと便所紙を手にした人々が押し寄せてきた。

　これは絶対に変だと思いながら、スーパーマーケットに行ったらば、すごいことになっていた。日中は絶対に店ではお目にかかれない、茶髪の盛り髪、黒ラメの超ミニワンピースのおねえちゃんと、茶髪の短髪で黒いジャージ姿、黄色い靴のかかとを踏んづけて履いている、体格だけはいいお兄ちゃんがいた。彼らはそれぞれ十二ロール入りの便所紙を一袋、大きなレジ袋にはコーラの大きなボトルを四本、そしてもう一つの同じ大きさのレジ袋には、菓子パンをぎゅうぎゅうに詰め込んで、それらを両手にぶらさげて、店を出てきたのであった。

(あんたたち、どれだけ飲み食いして、どれだけ尻を拭くんだ)

腹の中でそうつぶやきながら、店内に入ると、見事に菓子パンのコーナーはすっからかんになっていた。

私の目的は便所紙なので、日用品のコーナーに行ってみると、なんとここもすっからかんで、「トイレットペーパーはお一人様、一袋でお願いいたします」という紙が虚《むな》しく床に落ちているだけだ。私は菓子パンがなくても何の問題もないが、便所紙はないと辛い。もしかして別の売り場に置いてあるのではと、無駄だと思いつつ食料品売り場や、おばちゃんの肌着売り場などにも行ってみたがどこにもなく、いちばんの目的の物を買えずに、うなだれて帰ってきたのであった。

ぼーっとしていた私は、トイレットペーパーや水が、東京で買い占め状態になっているのを知らなかった。スーパーマーケットからの帰り道、ずっと考えていたのは、いったい何で尻を拭こうかということだけだった。昭和三十年代初頭の子供の頃、便所紙はロール状ではなく、竹で作られたカゴに入った、グレーの落とし紙だった。トイレットペーパーに比べて硬かったけれど、トイレがくみ取り式であったから、用済み後、そのまま下に落とせばよかった。ティッシュペーパーはあと三箱ほど残っているので、あれが使えたらいいのだが、トイレには流してはいけないと聞いたことがある。家に戻ってティッシュボックスを確認したら、トイレには流さないようにと、ちゃんと書いてあった。

「うーん」

腕組みをしていると、どういうわけか尿意を催してきた。少しでも便所紙を減らしたくないのに、冷えの影響をもろに受ける年齢になったために、トイレもすぐに近くなるのである。トイレで手にした紙のミシン目とミシン目の間を眺めながら、一回、一目盛りにしたほうがいいか、でもとてもそれじゃ間に合わない。せめて二目盛りはないと……、とあと何回使えるのかと、どきどきしてきた。

うちにある紙を考えると、服の型崩れを防ぐために入っていた、白いボール紙、プリントアウト用の紙、無料で配布される奥様新聞およびチラシ、試読用にサービスで入っていた日経、遊び半分で購入した書道用和紙などだ。昔は新聞紙を便所紙に使ったという話も聞いたことがあるが、日経新聞で拭いて、股間《こかん》や尻に「最安値」と文字が移ったりしたら、ちょっといやだ。いくら揉んでみても、拭き慣れたトイレットペーパーの感触とはほど遠く、柔らかい日本のトイレットペーパーの恩恵にあずかってきた私の尻は、代用品では満足できなくなっていたのだ。

となると、いちばんトイレットペーパーに近い、ティッシュペーパーを使って、トイレには流さずまとめて焼却処分にする、アジアの国々によくある方式を採用するしかない。そう思いつつ、もしかしたら他のスーパーマーケットには在庫があるかもと、隣町に行ってみても、状況は同じだった。この店でも菓子パンは見事に売り切れていて、私は最近の日本人の食事の習慣をあらためて認識した。

水も買い占めの対象になっていて、五百ミリリットル入りのボトル二本という制限の紙が貼られている。私は飲用料理用にポット式の浄水器を使っているので、それでいいやと買う気もなかった。野菜のみを購入しようとレジで並んでいると、私の前にいた赤ちゃんを抱っこした若いお母さんが、水のペットボトルを二本、買っていた。

私のようにいい歳をしたおばちゃんで、家族もおらず壮大な希望も欲望もない人間だったらば、どうなってもいいけれど、原発事故まで起こって、幼い子供がいる親御さんたちは、どんなに不安なことだろうかと、心から同情してしまった。

私の番になるとレジ係の女性が、私の後ろの人がレジ横に置いたカゴを見て、

「申し訳ありません。お一人様、二本でお願いしているのですが」

と声をかけた。ふと見ると、私の後ろにいた六十代半ばと思われるおばちゃんが、カゴのなかにペットボトルだけをてんこ盛りにして持ってきているのだった。髪の毛は年齢に不釣り合いな大げさな内巻きで、黒い幅広のビーズのカチューシャ。顔の地塗りは真っ白、太いアイラインは黒、口紅は真っ赤の厚化粧で、ひらひらしたブラウスに偽パールをたくさんつけているところを見ると、お出かけ帰りのようだった。きっと出先で会った人から、水不足になるという情報を得て、あわてて買い占めに走ったのだろう。

ところがレジ係にやんわりと注意された、お出かけおばちゃんは、

「どうして？　どうして一人二本なの？　理由はなに？」

といいはじめた。レジの人が、

「なるべく多くのお客様に行き渡るように、そのようにお願いしています」

と丁寧に説明しているのに、

「売れれば同じじゃないの。別にそっちが損をするわけじゃないんだから、誰が何本買おうと関係ないでしょっ」

といい放った。レジの人が、

「すみません。このような状況ですので、多くのお客様に……」

と丁寧に説明しても、おばちゃんは、

「どうして？　なぜ？　意味がわからないわ」

とごね続けている。私はそのやりとりを横で見ているうちに、ものすごく腹が立ってきて、

(あんな小さな赤ちゃんを連れたお母さんだって、二本で我慢してるじゃないか。ばばあ、四の五のいわずに、とっととその水を棚に返してこい！)

という言葉が、喉もとまで込み上げてきた。が、いつものように口からは出ず、精一杯自分の思いを目線に込めて、そのばばあをにらみつけてやった。彼女はしばらくぶつぶつと文句をいっていたが、やっとカゴを持って棚のほうに戻ろうとした。する

とすかさず店の人がやってきて、そのカゴを持ってあげて一緒に棚までついていった。そんな客にまで親切にする店側の気遣いには感心した。

二日後、洗剤がなくなりそうだったのを思い出して、ドラッグストアに行った。そこもとても品薄な状態になっていたが、幸い私がいつも使っている洗剤は、普及品ではないので棚の上のほうにひっそりと残っていた。いろいろな種類があるので、これでいいのだなと手に取って表示を確認していると、突然、ビニール袋、ラップ、キッチンタオルで買い物カゴをいっぱいにしたおばちゃんが、私に体をぶつけるように近寄ってきた。鼻息も感じるほど密着した彼女は、私が手にしていた洗剤を首を伸ばしてのぞき込んでじっと見ていたが、自分には関係ないと判断したのか、ぷいっと行ってしまった。日用品の買い占めに走っていたおばちゃんは、他人が何を買っているのか気になり、出遅れないようにチェックしていたのだろう。

何だ、ありゃあと、私はしばらくあっけにとられていたが、気を取り直していつも野菜を買っている、近所のオーガニックショップに行った。店頭に置いてあったタマネギをカゴに入れ、横に置いてあった、三個のポンカンを眺めていた。ここで買っておいしかったんだよなあと思っていると、レジで会計をしていたおばちゃんが、私の

顔をじっと見ている。そしてこれまた突然、私の目の前から三個のポンカンをひったくるようにして、

「これもちょうだい」

とレジの前に置いたのである。明らかに自分には必要ではないが、他人に買われるのはいやという、卑屈な根性が見え見えで、それなりにお洒落《しゃれ》な格好をしている強欲おばちゃん三連発に、どっと疲れてしまった。私と同じように、これから三十年も生きそうもないおばちゃんが、あんなに強欲になってどうするんだと、帰り道も腹が立って仕方がなかった。

私の重要課題であった便所紙の調達は、心優しい隣室の友だちが、二リットルの飲料水まで、おまけにつけて分けてくれた。困ったときのおばちゃん互助会は健在である。いくら困ったとはいえ、買い占めに走るみっともない強欲ばばあにはなりたくない。正しいおばちゃんとして、我欲に走らず、何があっても淡々と暮らしていこうと、肝に銘じた地震後の日々だった。

あっちもこっちも、なんか変

　東日本大震災の直後、買い占めに走る強欲なおばちゃんの行動を思い出しては、腹を立てていると、インターホンが鳴った。出てみると若い男性が、

「今のこの大変な時期に、精神的なやすらぎを……」

と語りはじめた。ああ、また新興宗教の勧誘かとうんざりしつつ、

「つまりどういうご用件なのでしょうか」

とたずねたら、

「震災が起きて、みなさん不安な毎日をお過ごしになっていると思います。そんな苦しみや不安から救ってくれる……」

とまじめそうな口調で話し続ける。

　これまでも頼んだわけでもないのに、新興宗教のパンフレットが入っていたり、勧誘に来るのはたびたびあった。私は不信心な人間でまったく興味がないので、パンフ

レットはそのままゴミ箱行きだし、勧誘に関しては仕事中、あるいは来客中といってお引き取りいただいていたけれど、その日はちょっと腹が立ってきた。

何らかの信仰を持っている人たちは、この有事の際、すぐに被災地に赴いてボランティアで手助けをしたり、あるいはしかるべき場所で静かに祈ったりと、それぞれの信仰に基づいて、被災者のために少しでも役に立つようにと、考えるものなのではないか。いやなことだが世の中や個人に不幸な出来事が起こると、それが新興宗教団体の信者獲得のチャンスになる。動揺する心の隙間《すきま》に、するっと入り込むのである。彼が自発的に勧誘をしているのか、させられているのかわからないけれど、宗教団体の上層部に対して、

「時と場合を考えろ」

と腹が立ってきた。

腹の中では、

(あんたのところは前々から変だとは思っていたけれど、今は勧誘なんかしている場合ではなく、被災者の人々を助けるようなことをしたらどうなのさ)

と毒づいたが、少しでも早く切り上げたかったので、

「すみません、来客中なので」

と断った。すると彼は素直に、

「それは失礼しました」

と丁寧に詫びて去っていった。

その日は都内でも放射線量が、格段に高くなっていた。一日に最低二度はマンションの敷地内をパトロールするうちのネコも、妙な空気を察知してか、ずっと室内でおとなしくしていたくらいである。そんななかでも彼は、勧誘に歩き回っている。勧誘する信者たちは、お天気がよくてすがすがしい日には現れない。天気が悪い日にやってくる。そのほうが在宅の可能性が高いのと、心優しい人がこんな足もとの悪い日に……と同情してくれるのではという魂胆もあるのかもしれない。

不安な気持ちでいる人々をターゲットに勧誘するなんて理解しがたいが、彼はリスクを負っている。本来ならば吸うべきではない数値の空気を吸いながら、歩き回っている彼は、信仰している団体の被害者のような気がする。信仰に必要な教典などのテキストを読み込まなくてはならないから、それなりの能力もある人だろう。現状も理解しているはずである。しかしそれでも、信者獲得のために歩き回ることが、きまじめな彼にとっての幸せであり、信者としての使命になっている。新興宗教に入信する人たちの気持ちは理解できないし、彼らはそれで幸せなのだから、他人が口出しする問題ではないが、興味のない人間を巻き込まないでほしい。ただ信仰のために、歩き回る彼の将来を考えると、

「本当にそれでいいのか」

と問いかけたくなった。

その後、大地震から百日経《た》っても、原発の状況はほとんど改善せず、幼い子供を持つ母親や妊婦にとっては、心配な日々が続いている。特に妊婦は何事がなくても、出産を控えて不安を抱えるものなのに、原発事故というとんでもない状況のなかで出産しなくてはならなくなったら、どうしていいかわからなくなるのも当然だ。

私もいろいろと考えたが結論を出した。放射線量の問題、水道水から放射性物質が検出といっていたが、私自身の基準で、気をつけるべきところは気をつけるが、それ以上は神経質に考えない。もうこの年齢まで生きたので悔いはないのである。学生の頃は、自分に物書きの人生が待っているとは想像もしていなかったし、誰にも頼らずに生活ができ、欲しいものも十分買えた。周囲の人々にも恵まれ、ものすごく気は強

いものの、それなりにかわいいネコとも出会えた。十二分にありがたい人生を過ごさせてもらったと感謝している。

日本人女性の平均寿命が八十代半ばくらいになって、その年齢まで生きないと、損するような気分にさせられるが、そんなことはない。老人のケアも行き届かず、子供に対しての放射線量についても曖昧《あいまい》なことしかいわず、有事の際にろくな対応ができない政治家ばかりのこんな国で、あと二十年近くも、どうやって生きていいのやらと途方にくれる。とはいっても寿命というのは自分でどうすることもできないものだから、生かされているのならば、生きていかなくてはならない。短くても長くてもすべて運命、天命なのだ。自分に関してはそう考えるが、町で赤ん坊や幼児の姿を見ると、いくら子供嫌いの私とはいえ、何ともいえない気持ちになる。彼らが無邪気に笑っているのを見ると、ほっとするのと同時に、国に対して、この子たちの未来をどうやって保障するのかと腹が立ってきた。

先日、知人の所に行ったら、

「いいものを見せてあげる」

と箱を持ってきた。なかから出てきたのは、三着の紺色のウールの女児用の服だ。

二着はジャンパースカート。一着は長袖で襟《えり》なしボタンなしの短い丈のジャケットである。

「お受験用の服なのよ。用済みの人から預かって、必要な人に渡すの」

お受験用の服といえば、ずいぶん前に、母親が編んだベストを着用していると、受験のときに印象がよくなるという話があった。手編みが苦手な母親たちが、手編み風のベストを必死に探し回り、翌年からは子供服の売り場でも、お受験用に手編みのベストが陳列されるようになった。それが今はベストではなく、洋服そのものになったのだ。

彼女が見せてくれたのは、就活用のスーツみたいに、一着あれば大丈夫というものではなく、某附属小学校受験のためだけの、お受験服のセットだった。

「私立小学校を受験するとなると、一校だけじゃないでしょう。ということは受験する学校の分だけ、こういう服が必要だってことなの？」

私が目の前の服を眺めながらたずねると、彼女は黙ってうなずいた。ジャンパースカートが好きな小学校、ワンピースが好きな小学校があるという。そしてこのお受験服の値段は、三点セットで九万円というのである。

「きゅうまんえんですって？」

縫製も丁寧とはいいがたいし、裾《すそ》のまつり方などひどいものだった。でも受験日の何時間かしか着用しないので、それでいいらしい。

「普通、子供服ってゆとりがあるでしょ。でもお受験用のは、少しでもすっきり見えるように、体にフィットさせて作るんですって。試験のときには縄跳びもしたりするから、多少のゆとりをデザインで取り入れたりしてるみたい」

一着のほうは裾から十センチほどがボックスプリーツになっていて、プリーツが開くと陰ひだから表地と同系色のチェックが、ちらりとのぞくデザインになっている。

「こういうふうにちょっと凝っていると、縄を跳んでいて裾がひらひらしたとき、試験官の目をひくんですって」

親の立場からすると、それがプリーツの陰ひだの柄であっても、少しでも他の子よりもよい印象を与えたほうが、受験に有利だと考えているというのだった。

この三点セットは特定のターゲット用であるから、他の学校を受験するとなると、また別のデザインのお洋服のセットが必要になる。そのつど、下に着る白いブラウス、靴、バッグなどが必要になるので、何校かの試験を受けるための洋服代だけで四、五十万かかるんだそうである。

「はあ〜」

ただただ驚くしかなかった。

お受験用の服を斡旋《あっせん》するのは、お子ちゃまたちが通う、有名小学校受験のための塾である。塾と業者が結託していて、担当の先生が、

「あの学校を受験するのなら、こういうふうにしたほうが……」

と話を持ちかけてくる。あの学校の試験官はこういう服装が好きで、こういう服装の子は合格して、そうでない子は落ちたとか、過去の合否情報を伝え、

「もしも服を誂《あつら》えるのであれば、ここで作ってくれますよ」

と業者を紹介する。すでに洗脳されている親たちは、いわれるがままにお受験服を誂えてしまう。その日だけのお受験服を、数校分、合計十四、五着、誂えたとしても、受験が終わったら、手元に置いておいても使い道がない。そしてこのたびは、不況の影響で懐具合が大変になった親子のために、彼女が合格した家から服を借りてあげたというわけなのだった。

ともかく子供たちや若い人たちが、これから平穏無事に生きていけるような世の中

になってほしいとは思う。しかし、

「あっちもこっちも、なんか変だよねー」

と飼いネコを抱っこして、ネコの耳にささやいては、鬱陶《うっとう》しがられているのである。

控えめな気合い

連日、熱中症への注意が報じられている。高齢者だけではなく、働き盛りの人も亡くなり、若者まで病院に搬送されている。たしかに昔も日射病、熱射病はあったけれど、夏場のニュースになるほど、多発しなかったような気がする。外にいるのならまだしも、家の中にいて熱中症になるのが恐ろしい。高齢者が室内にいたとしても、真夏だから窓を締め切っているわけでもなく、それなりに風通しをしているはずなのに、亡くなるケースも多いというのである。

私が十八年間住み続けている、今の賃貸マンションはとても風通しがよく、夏場でもクーラーを使わないでも大丈夫だった。クーラーを連日使ったのは、猛暑だった二〇一〇年がはじめてで、あまりに放置していたためか、リモコンが壊れていたほどだった。私としては、猛暑でもなんとか乗り切れそうだったのだが、乗り切れなかったのがうちのネコだった。

それまでにも、暑いと、

「ぎえー、ぎえー」

といかにも「不愉快」といった口調で鳴きながら、私の後をついて歩くので、ためしにちょこっとクーラーを入れると、そのとたんにうれしそうな顔になって、冷風がくる場所で体を伸ばしていたのだが、もともと冷え性なので、五分ほどするとすぐに立ち上がり、他の部屋にいってしまう。なのでネコ相手でも、せいぜい五、六分の稼働しかしなかったのだ。

ところがさすがに、ネコも年を重ねると、いろいろとしんどくなるのか、二〇一〇年は、クーラーなしではいられなくなったようだった。

「ぎいい、ぎいい」

と聞いたこともない声で鳴いて、暑いと訴える。相当、きつかったのだと思う。ネコの冷え性を考慮して、設定温度を二十八度にして、外気と少しまざるように窓を少し開けて、お昼から夜の七時前まで稼働させていると、それがネコのお気に入りになった。夏場はいつも私のベッドルームで寝ているので、クーラーをつけるのはこの部屋だけ。私はリビングルームのテーブルで仕事をしながら、開放したドアから流れてくる冷気を感じて過ごしていた。

熱中症は必ず防げる病気ではあるが、自分が気がつかないうちに、ひたひたとやってくる病気でもあるという。ラジオを聴いていると、天気、気温のお知らせの後、熱中症対策として、

「自分の体感ではなく、室内に温度計と湿度計を置いて、気温二十八度、湿度七〇パーセント以上になったら、注意してください」

といっている。この「自分の体感ではなく」というところがポイントなのである。これまで私は、

「暑いには暑いが、汗をかくのはいやではないので、基本的に日差しを遮って、風通しさえよければ、クーラーはいらないのでは」

という方針でやってきた。温かい紅茶や緑茶を飲むと、汗がだーっと出てきて、体内が掃除されるような気がしてくる。そしてまた温かい飲み物を飲む。ところが熱中症の予防としては、温かい飲み物よりも、冷たい物を少しずつ飲んだほうがいいという。私はアイスクリームやシャーベット類は、会食などでデザートに出てきたら食べるけれど、自分で買うことはまずない。体のメンテナンスをしてもらっている和漢の

薬剤師さんに、体質に合わないので、冷たい物、甘い物は多食しないようにといわれているからだ。

自分の体質を考えるとどんなに暑くても、常温が限界で、氷を入れた冷たい水分はなるべく飲まないようにしてきたし、防衛本能が働いているのか、氷が入っているものは飲み干せなかった。私は胃が冷えるとてきめんに不調になるので、冷たい物で冷やさないようにしていたのだが、最近は体内に熱がこもらないようにするために、冷やしたほうがいいという説を耳にするようになったのだ。薬剤師さんは「いちばんいいのは体温と差がないぬるま湯だ」といっていたけれど、私としては温かいお茶を飲んで、汗を思いっきり出すのが、とても気持ちがいい。しかし少し考え直したほうがいいのかもしれない。

若い頃は体のセンサーも敏感になっているから、自分の感覚を信じてもよかったが、さすがに五十代半ばすぎにもなると、いまひとつ自信が持てない。なので、

「自分の体感ではなく」

といわれると、どきっとする。以前から置いてある温度計兼湿度計を見ると、すでに午前中から二十八度を超えている日がほとんどだ。となると毎日、午前中から熱中

症には気をつけなくてはいけないということになる。自分の体感よりも、やはり数字を信じたほうがいいのか。これが最近のいちばんの悩みだった。

私としては「自分の体感」を信じたいと思い、午前中に往復四十分歩いて、カボチャやらキャベツやら、重い物を買い出しに行った。日傘にサングラスと日除《ひよ》けは完璧なはずだったのに、帰り道はちょっとへばった。公園の中のほうが涼しいだろうと、五十段ほどの階段を上がりきると、残念ながら意外に風通しが悪く、陽差しが照りつけてきた。くらっとしてよろめきそうになった。つい最近まで、真夏でも元気に歩いていたような気がするが、明らかに体力は落ちているのだった。

「熱中症」という言葉がふとよぎり、少し不安になったものの、公園内を歩いているうちに急に風通しがよくなったので、また歩く気力が湧いてきて、何事もなく無事に家にたどりつけた。すぐに水分補給をした後、ソファに座ってしばらく放心状態になっていた。それでもいまひとつ気分がよくならないので、冷凍庫から水を詰めて凍らせた小さなペットボトルを取り出した。これは三、四年ほど前から作っていて、暑い日にはこれを薄手のハンカチでくるんで、首筋や脇の下のリンパ腺があるところにあてると体温が下がる。脇にあてがったとたん、不快な気分がすーっと消え失せて元気

になった。その日得た教訓は、

「真夏の日中には買い物には行かない」

であった。近場で少量の買い物ならまだしも、重い物の買い出しは、陽が落ちて気温も下がる夕方以降でないと無理だと悟った。

それ以来、日中はよほどの用事がない限り外出はやめ、体力温存に徹している。いつまで経っても、三十代の体力があるつもりでいてはいけないのだ。以前は、真夏の炎天下でもがんがん歩けるのが自慢だったが、そんなことをしたらぶっ倒れる年齢になってきたのは間違いない。無駄な労力は使わず、そこはかとなく漂ってくるクーラーの風のなかに身を置いても、いまひとつしゃきっとしない。そんなすっきりしない日々を過ごしていた私に活を入れてくれたのが、なでしこジャパンである。

時間的にLIVEでは見られないので、録画しておいて見ようとすると、すでに朝のニュースでは結果が放送されていて、録画をしてもただ結果を確認するだけなのだが、久しぶりに胸が躍った。予選リーグを勝ち上がり、準々決勝ドイツと対戦すると知って、

「相手はホームチームだし、強豪だから負けちゃうんじゃないのかなあ。がんばった

けれど、ここまでなのでは」

と案じていたら、最後の最後で粘って勝ってくれた。

スウェーデンはランキングで日本よりもひとつ下位だからといって、必ず勝てる保証はない。とにかく見ていると外国人選手はみな大きくて、大人の女性とジュニアの選手が戦っているかのようだった。それでも決勝まで勝ち上がり、相手がランキング一位のアメリカになって、なんとか「なでしこ」たちが勝つ方法はないものかと、あれこれ考えてみた。その結果、思いついたのは、

「アメリカの選手が腹を下してくれないか」

であった。あの背も高く体の厚みもあり、まるで男性のような体格の女性たちに立ち向かうには、それくらいのハンディをもらわないと、勝ち目はない。本当に腹を下していたかはわからないが、見事に「なでしこ」たちは勝ってくれた。すばらしいとしかいいようがない。

また参加国の選手たちが、強く、かっこよく、美しく、知性も品もあり、こちらもまたすばらしかった。

しかし彼女たちはみな、きりっとしていて本当に素敵で、どの試合も、

「いいものを見させていただきました」

という気持ちになった。「なでしこ」たちのご両親がインタビューを受けているのを見たら、私と同年配か年下の方ばかりである。私もまともな道を歩んでいたら、世界的に活躍できるような年齢の子供がいる立場なのだなあと、感慨深かった。

一方、今の自分は何とも情けない。勝っても金メダルがもらえるわけでもないのに、飼いネコの機嫌が悪くなって文句をいいはじめると対等に口喧嘩《くちげんか》をして勝とうとする。ちょっと辛くなると、だらーっとして愚痴《ぐち》をいう。サッカーの若いお嬢さんたちは、薄給のなか自分の信念を貫き、あれだけの仕事をなしえたではないか。精神的にも立派としかいいようがない。私はすぐに自分を甘やかす癖がついてしまった。熱中症対策のために無理は禁物だが、そこそこ気合いは入れたほうがよいと反省し、間違いなくあとしばらく続く猛暑に立ち向かおうと、控えめに気合いを入れたのであった。

自己嫌悪の日々

先日、駅前に買い物に行ったときのことである。駅のすぐ脇にある、一方通行の踏切を渡り終わってふと横を見たら、二十代半ばくらいの年齢の女性が歩いていた。ぼーっとした顔つきで、はやりの底がぶ厚くて、木製のヒールのあるサンダルを履いていた。その踏切は線路のところがいちばん高く、私と彼女が歩いている位置から、がくっと下り坂になっていて、車を運転する人も、普通の踏切よりもより慎重に運転する場所なのである。

すると見ているうちに、彼女はよろめいてしまい、足もとがふらついてきた。具合でも悪くなったのかしらとあらためて顔を見ても、顔色はよく、体調の変化はなさそうだ。若い人だって段差があるところでは、多少よろめいたり、つまずいたりする。しかし彼らは反射的に体勢を整える能力は高いだろうから、きっと彼女もすぐに体を立て直し、何事もなく歩いて行くだろうと思っていた。ところが、彼女は、

「あっ、やだ、あっ、あっ」

　と小声で何度もつぶやいたかと思ったら足がもつれ、それにまた加速度がついて、ほれぼれするくらい見事に、転んでしまったのである。

　どれくらいすごかったかというと、なでしこジャパンのW杯決勝のＰＫ戦のとき、キーパーの海堀《かいほり》あゆみ選手が、一人目のシュートを横っ飛びになって足を上げて見事にクリアしたが、あれとまったく同じ格好で転んだ。「どすっ」と大きな音がして、彼女は、

「いたーい」

　とうめきながら、しばらくその場に横倒しになっていたのであった。周囲には二十人ほどの人がいたが、みなびっくりして彼女を見ている。そのとき横にいた私は、彼女が頭は打っていないのを確認していた。そして頭の中で、

（これは、駆け寄って声をかけたほうがいいのか。それとも彼女はとても恥ずかしいだろうから、知らんぷりしたほうがいいのか）

　と瞬間的に考え、

（自分だったら、どっちだ！）

と自問自答して、私は見て見ないふりをしてその場から離れようとしたのだった。

彼女は、

「いたー、いたーい」

と半分笑いながらつぶやき、チュニックの裾を何度も払っていた。ジーンズを穿《は》いていたからまだよかったものの、スカートやワンピースだったら、あの転びようではパンツ丸出しになっていたところだった。

私が歩きはじめると、心配そうに見ていた人たちは、大丈夫そうねという雰囲気を漂わせながら、その場を離れはじめた。ところがそのなかから、一人の女性が、

「あら、彼女にちょっと……」

と独り言のようにいって、ささっと小走りに走り寄っていった。年齢は四十代の後半か五十代のはじめといったところだろうか。姿勢がとてもよくて、体にも無駄な肉がついておらず、印象としては体育の先生か、ヨガのインストラクターといった感じの人だ。そしてやっと立ち上がった彼女に、

「大丈夫？」

と声をかけた後、

「気をつけてよく見て歩かないとだめよ。ここは車も通るし、危ないから……」

と優しく注意していた。転んだ彼女のほうは、照れくさそうに笑いながら、

「はい、本当にすみません」

と何度も頭を下げていた。けがをして流血した様子もなかった。彼女はぼーっとした表情で歩いていて、サンダルの底のぶ厚さが地べたの傾斜についていけず、すっ転んでしまったのだから、注意して歩いていればそうならなかったのは、その通りなのだ。


まあ、大事にならなくてよかったと思いつつ、私はひどく恥ずかしくなってきた。自分が彼女のそばにいたのに、声をかけずに離れたのは、とてもまずかったのではないか。大人としては、彼女の状態を聞いてあげるべきだったのだろうか。でももしも私が人前であんなに大コケしたら、一秒でも早く、その場から立ち去りたい。周囲の人が心配してこちらを見てくれていても、

「あ、みなさん、どうも、ほんとに、失礼しましたーっ」

といちおう周囲の人々にお礼と謝罪の姿勢をアピールしつつ、笑いながらすーっと姿を消したい。そして万が一、体が痛かったとしても、みんなが見ている前では、何

事もなかったかのようにしたいのである。

もしも私と同年配か、高齢者が激しく転んだとしたら、そのまま立ち去らなかった。自分の体力を考えると、あんなにひどく転んだとしたら、頭は打っていないとしても、体に相当のダメージを受けるのは間違いないからだ。自分が率先してとまではいわないが、周囲の人と協力して、しかるべき措置をとったと思う。ただ若い女性の心理を考えると、かまわないほうがいいのではと考えたのだった。

スーパーマーケットで買い物をしながらも、さっきの光景を思い出して、ため息をついた。大コケしたのは間違いないのだから、若い女性と高齢者と区別を付けるのはおかしいのではないか。転んだ彼女に歩み寄って、声をかけた女性に対しては、なかなかできないことだけれど、立派な人だとか、ああいう人になりたいとは思わなかった。自分が声をかけなかったから、ひがんでいるのかもしれないが、彼女は人に対して声をかけたり、諭したりという状況に慣れているのではないかと想像したりした。日々、年下の人たちと接していたり、指導的な態度をとるのに慣れていたり。そういう生活を送っていれば、

「どうしたの」

と気軽に声もかけられるし、

「気をつけて」

ともいってあげられる。一方、私は、あんなに転んじゃった人にも「大丈夫ですか？」くらいのことしかいえないし、など、ぐずぐずと考えはじめた。

もしもあの現場で、私の隣でネコが転んだら、すぐに声をかけて抱きかかえる。異状があると察したならば、ささっと近くの獣医さんにも連れて行くのに、などと、自分の興味のある対象ならば、迅速に対応できたのになあと、ありもしないことを考えたりもした。きっと私はあの大人の対応をした、とにかく指導者的雰囲気を漂わせていた彼女よりは年上だ。そしてあのとき、周囲にいた私より年上の人々も、みな心配そうな顔をして彼女を見ていた。そんななかで私だけが、何もなかったことにしてあげようと、立ち去ろうとした。もうちょっと何かできることがあったのでは、でも実は彼女にとっては迷惑なのではと、珍しくあれこれ考えてしまった。でもそれはすべて、自分の行動を正当化するものばかりで、「大丈夫ですか」くらいは、いってあげればよかったと、再び自己嫌悪に陥った。ダイナミックに転んだ彼女が、打ち身くらいで済むのを願うばかりであった。

自分の性格の、いいんだか悪いんだかわからないところを思い知らされて、いまひとつの気分の日々を送っていたところ、またまた自己嫌悪に陥る出来事があった。このところ、見間違いがとても多いのである。本を読んだり、仕事をしたりするときは老眼鏡をかけるけれども、ふだんは問題ないので、裸眼のままだ。見えないのではなく、ちゃんと見えているのに間違えるのである。子供向きの太陽とお星様のイラストの横に、

「お空にもっこり……」

と書いてあった。

「いったい何がもっこりしてるのか」

と驚いてよく見たら、

「お空ににっこり……」

だった。大人向きならばいろいろとあるが、子供向きなら雲だったら「もっこり」していてもおかしくないじゃないのと読んでみたが、雲のくの字もなかった。

その次は、

「奇跡のアライグマ」

という記事の見出しだった。動物好きの私は、奇跡のアライグマなんて、どんな子なのだろうかと想像してみた。レッサーパンダの風太くんみたいに、背筋を伸ばしてすっと立ち上がるのだろうか。それとも物を水の中で洗う、アライグマの特性を考えて、

「洗うだけじゃなくて、もしかしたらそれを干すのかもしれない。それだったら相当な奇跡だし」

と期待した。いったいどんなアライグマなのだろうかと、もう一度見たら、それは「奇跡のアライグマ」ではなく、「奇跡のクライマー」だった。何度見直しても音読しても「クライマー」だ。すごいアライグマが見られると期待大だった私は、意気消沈した。アライグマは見たいけど、クライマーには興味はない。

「まったく情けないことよ」

とバカな自分に呆《あき》れ果てていると、昨日、荷物が届いた。いったいなんだろうかと、伝票の品名の欄を見ると、なんとそこには、

「クソ」

と書いてあるではないか。

「どこのどいつが『クソ』なんか送ってきたんだ」

と憤慨してよくよく見たら、「クツ」だった。愛用しているビルケンシュトックの靴の色違いが欲しくて、取り寄せてもらったのをころっと忘れていたのだ。中からはもちろんクソではなく、欲しかった茶色の愛すべき靴が出てきた。

「はぁあ〜」

うれしさと情けなさがまぜこぜになりながら、私は何に対してかわからないのだけれど、負けたくないと思ったのだった。

本との距離

震災以降、ラジオばかり聴いている。八月のある日、小、中学生の夏休みの宿題が、番組のテーマになっていた。今でも読書感想文が宿題になっているらしく、読書が習慣になっていない子供たちにとっては、それがとても苦痛らしい。私も本を読むのは大好きだったが、感想文を書かされるのは大嫌いだった。読みたくもない本を押しつけられ、そのうえ感想文まで書かされるなんて、うんざりだと気乗りがしなかったが、その押しつけられた本は読んでみると意外と面白く、先生が読めという本も、満更でもないと子供心に反省した。それからは課題図書は素直に読み、感想文を提出するようになったものだ。

放送中、小学生の母親からのメッセージが読まれた。宿題の読書感想文に頭を悩ませた息子が彼女に、

「いいことを思いついた」

といった。課題図書は名作なので、だいたい映画化されている。本は読まずにDVDを借りてきて、それを見て感想文を書けば楽だといったというのである。

それを読んだ、幼い子供がいるらしい女性アナウンサーが、

「それはいい方法ですね」

といったので、私はびっくりした。一緒に番組をやっている男性は、自身も文章を書き、本も出版している人なので、

「えっ、どうしてですか」

と聞いた。すると彼女は、

「だって、本を読んで頭の中で想像するって、大変じゃないですか」

などといったのである。呆れたのか男性も黙ってしまい、その話題はそれっきりになった。きっと彼女は自分の子供が読書感想文を書かされる年齢になったら、

「本を読まなくたって、DVDを見て書けばいいわよ」

などと入れ知恵するのだろう。

私は子供の頃から本が大好きで、本なしでは過ごせない生活を、数十年以上過ごしてきた。老眼になり体力も落ちた今では、以前のようには読めなくなったが、それで

も本は買い続けている。画面ではなく、ちゃんと本を手にとって読みたい。しかし世の中には、本をまったく読まないという人がいるのも事実なのだ。

知り合いの四十代の女性は、教科書や課題図書以外、本は手にしたことがなく、課題図書もろくに読まなかったので、読み終えた本はこれまでの人生で一冊もない。どうして読まないのかと聞いたら、

「面倒くさくて」

と顔をしかめる。女性誌はたまに買うものの、写真だけをぱらぱらと見ていき、文字を読むのは値段とブランド名だけ。本文はまったく読まない。逆に彼女から、

「どうして本を読むんですか」

と聞かれたので、

「本はいちばん安い娯楽だと思うわ。五百円足らずの文庫本でも、読めばいろいろな人の人生を追体験できるし、知らない事柄も知ることができるし、過去でも未来でも、すべての出来事が経験できるじゃない」

と力説したが、

「ふーん」

と気のない返事しか戻ってこなかった。

私は本を読む人は偉くて立派といった考え方は嫌いで、本を読んで何も得ないよりは、実体験で経験を積んだほうがよいと思っている。簡単に本が買えなかった時代の日本人は、本を読んだ知識ではなく、自分が体を動かし、経験をしていろいろな考え方を身につけていた。本を読んでいる人が、読まない人よりも上という感覚はない。しかし、四十年以上生きてきて、一冊の本を選ぶ気も読む気もなかった人というのは、やはりちょっと理解しにくい。

なにか読みたいなと思っても、どんな本を選んでいいかわからず、買って読む機会を失ったまま、ずるずると時間が経ってしまった人はいるだろう。しかし彼女の場合は、とにかく興味がないのだ。他に趣味を持っている人ならば、本を読む時間は持てないだろうと、

「家で時間があるときはどうしているの」

と聞いたら、

「ずっとテレビを見てます」

という。なので芸能人の噂話やバラエティ番組にはとても詳しい。自慢できるほど

詳しいのならまだしも、テレビをあまり見ない私でも知っているような事柄ばかりなので、詳しいといってもたいした内容ではないのだ。特に趣味はなく、インターネットは好きではないので、休みの日はぼーっとテレビを見ているか、情報番組で見た、安いと評判の店を食べ歩きしているといっていた。

本を読まないこととは関係ないかもしれないが、雑談をしていて彼女は、資本主義と社会主義の区別もわからず、中国が社会主義国家だと知らなかった。地震の際、都内で車を使うのはNGなのは鉄則なのに、三月の大震災のときに赤ん坊を親に預け、車で夫を会社に迎えにいって大変な目に遭っている。そんな話を聞くと、どうせテレビを見るのならば、世の中の基本をお勉強できる番組を見たらいいのにといいたくなったが、恥をかくのは彼女なので、他人様《ひとさま》の日常生活について、あれこれいうのはやめようと、口をつぐんでしまった。

幼い頃から身近に本があった人間には、当たり前でも、そうでない人々にとっては、本との距離は遠い。編集者は普通の家庭よりも本の数が多いものだが、私の担当編集者の女性には、子供が二人いて、保育園の友だちが家に遊びに来ると、

「わあ、いっぱいある」

とまず棚に並んだ本を見て、声を上げるのだそうだ。そして彼らは絵本を手に取って、興味深そうに開いている。彼らの家庭には本というものがないのである。なので彼らが自主的に本を読みたいとか、欲しいといわなければ、図書館で借りたり、買ってもらえたりもしないし、彼らは保育園に置いてある本しか知らないで成長する可能性が大なのだ。

「私たちは本を読むのが当たり前と思っていますけど、そうじゃない人たちも多いから、出版社に勤めている身としては、いろいろと考えさせられます」

と母親である彼女はいっていた。

それらの話の後に耳にした、例のアナウンサーの発言なので、親がそのような感覚ならば、子供に本を読み聞かせたり、読む機会を与えたりするなんて、あり得ないのではないだろうか。それにしても、アナウンサーになれるほどの人なのだから、偏差値も高くお勉強もしただろうに、いったいどういう人なのだろうかと、プロフィールを調べてみたら、趣味の欄に「読書」と書いてあった。彼女はいったい何をどう読んできたのだろうかと、二度びっくりした。

一方、二十歳の大学生の息子さんがいる男性は、

「息子はここ何年かずっと、本ばかり読んでますよ」

といっていた。子供や若い人が本を読まなくなったのは、コンピュータゲームのせいだといわれていた。私もゲームにはまった時期があって、そのときに読んだのは、攻略本くらいのものだった。しかし寄る年波には勝てず、目の疲労度がはんぱじゃなく、体の具合が悪くなってくるので、やめてしまった。なのでゲームに没頭する人々の気持ちもわかるのだ。

ところが子供の頃からゲームをしていた息子さんは、「もうゲームはいい」と読書に興味が移っていった。人々がゲームに没頭したのは、それまでそのような娯楽がなくて新鮮で刺激的だったからだが、彼らは生まれたときからゲームがあり、日常生活で当たり前のものになっていた。なので最初は楽しんでいたものの、だんだん飽きてきて、読書が趣味になっていったらしい。いくらゲームに飽きたからといって、すぐに外に出ていくアウトドア派になるのは難しい。画面の前でずーっと座り続けられるタイプは、体を動かしながらだと無理な読書はうってつけだ。とにかく若い人はずっと座っているのが体勢的に耐えられないけれど、ゲーマーが移行するには、読書はうってつけなのだ。

父親は息子の選ぶ本にはまったく関知せず、家に帰って自分や奥さんが買ったのではない本を見つけて、息子はこういう本を読んでいるのかと知る。彼はどんな本を読んでいるのかとたずねたら、最近は伊藤計劃《けいかく》を読んでいて、読む本もＳＦが多いという。それを聞くと、ゲーム好きの流れかと思うが、自主的に本を選んで買って、読む若者が増えるのはありがたいことである。

最近は書店に行っても、それなりにお客さんがいて、本を購入している。図書館も以前は閑散としていたが、老若男女がたくさんやってきている。図書館は、貸し出し件数が多く見込まれる書籍だけを何十冊も購入し、地域の文化を担っているというよりも、無料の貸し本業のようになっているのは問題だと私は感じている。無料なら読むという人が多いのも問題だが、それでも本を読みたい人がいるのには救われる。

以前、小学校で毎日、読書の時間をもうけると聞いたとき、そのうち自主的に本を選ぶようになるのではというけれど、強制的な感じがしていやだったが、そのシステムが効果をあげているようだ。誰もが自主的に本を手にするわけではなく、読む癖をつけたり訓練をさせないとだめだと、はじめてわかった。昔は子供がインドアで楽しめるのは、本くらいしかなかったからなあと、紙の匂いを嗅ぎながら本を読んだ頃を思い出した。そして電子書籍なんぞ、想像もできなかったと考えると、長く生きてきたもんだと、つくづく感じるのである。

親離れ、子離れ

先日、医療系の大学に通っている娘さんがいる知り合いの女性と会ったら、

「来週、保護者会なんですよ」

と困った顔をしている。話を聞いたら今は大学でも保護者会があるらしく、年に二回開かれて、全体集会の後、指導教授と個別の面談があるのだそうだ。

「小、中学生ならわかるけど、大学生にもなって個別の面談で何を話すの？」

「学校での成績や、これからの国家試験についてなんです。私としては娘に相談されればアドバイスはしますけど、もう大学生なんだから、自分が教授と話して決めればいいっていってるんです。でも学校側がなにかと親を巻き込もうとするんです」

彼女自身がそういうシステムは必要ないと考えているとはいえ、大学からお呼びがかかったら、フルタイムで働いているから、一日、仕事を休まなくてはならない。

「うちはまだ東京だからいいけれど、地方の親御さんは、そのたびにこちらまで出て

こなくてはならないんです。子供と会えるから楽しみもあるんでしょうが、大変だと思いますよ」

たしかに二十歳であっても、社会人として働いている二十歳とは扱いが違う部分はある。大学の卒業式に保護者席が設置されたのを知ったときも驚いたが、在籍している成人の学生が半分以上もいる大学が、小、中学校並みの対応をしているなんてと、首をかしげたくなった。

全体集会では、大学での授業や部活動の内容、行事についての説明や質疑応答があり、個別面談では成績を見せられ、成績が今ひとつの科目があると、

「お母さんは家の中を勉強しやすい環境に整えて、子供さんに勉強するようにいってあげてください」

などといわれるんだそうである。私は呆れてしまい、

「小学生じゃあるまいし。大学生なんだから、成績が悪いのは本人の責任でしょ。それを親がくっついて、『勉強したか』と確認したり『勉強しろ』っていうのは変でしょう」

「学校では前、後期のテストの他に、頻繁に小テストがあって、基準に満たないと追

試があるんです。厳しいのは確かなんですけど、それをやるのが学生ですからねえ」

「小学生だったら、成績のよくない科目を親が教えてあげられるかもしれないけど、大学生の勉強を、教えられる親なんてほとんどいないだろうし」

「だから大学側は、勉強しやすい環境を整えてあげてっていうんです」

「環境が整えてあったって、本人のやる気がなかったらだめよね。実家から通っている学生ならまだ目が届くでしょうけど、一人暮らしの学生の親御さんはどうするのかしら」

「そういわれて離れて暮らしている親が心配して、周囲が静かな環境のマンションに引っ越しをさせたり、苦手な科目に家庭教師をつけたりしたみたいです。とにかく成績が悪い部分は、親子で相談してクリアしろっていうんです」

　娘さんの通っている大学は六年制で、三年留年すると除籍になる。前回の保護者会で、質疑応答のときに一人の母親が手を挙げ、大学への不満をぶちまけた。

「私の子供はすでに二年留年していて、あぶない状況にあります。この大学は成績のよくない学生に対して、フォローが足りないのではないですか。子供は私が見る限り、毎日ちゃんと勉強しているのに、留年したんです。今回進級できなければ、除籍になってしまいます。今から他の大学は恥ずかしくて受けられないし、そうなったら行き場がありません。そういう学生に対して、もうちょっと思いやりを持ってくれてもいいんじゃないですか」

と怒って訴えたというのである。

「ちゃんと勉強してたら、留年しないよね。入学できたっていうことは、入学後も勉強についていけるって大学が認めた証拠なんだから、どうしてそうなっちゃったのかしらね」

私がつぶやくと、彼女も、

「娘に聞いたら、『授業に出ていたらわかるし、追試もそんなに難しくないよ』っていうんです」

「母親が勉強してるって思っても、実際はそうじゃないんでしょうね。ただ机の前に座っているだけなんじゃないかしら」

私が通っていたのは、呑気《のんき》な文系の大学だったから、授業もろくに受けず、代返を頼み、課題さえ提出すれば、なんとか卒業できた。しかしそれでも留年する人たちはいた。彼らはほとんど学校に来なかったので、出席日数自体が足りなかったのだと思う。適当でも学校にやってきて出席をし、課題を提出すればみな卒業できたはずなのだ。課題も論文、小説、詩、評論などといったもので、これといった正しい答えがあるものではない。これらの内容で落とす、落とさないは判断できないから、出席が主になったのだろう。

一方、娘さんが通っている医療系の学校は理系だから、理数系の試験の正解はだれが見ても一つなのではないだろうか。問題を解く前に、基本的に知っておかなくてはならない元素記号や法則や方程式など、頭に叩き込んでおかなくてはならない事柄はたくさんあるだろうが、答えが一つしかないものを導き出すには、猛勉強をすれば必ずたどりつくような気がする。ろくに勉強をしなかった私がいうのは何だが、母親がいうように本当にその子が勉強をしているのなら、やり方が間違っている気がする。

母親の訴えを聞いた大学側は、

「うちの学生は将来、人の命を預かる仕事に就きます。社会に出て患者さんに何かを聞かれて、答えられなかったり、誤ったことをしてしまう人物を世の中に出すわけにはいきません。現在の進級基準については、まったく問題ないと考えていますし、基準に満たない学生は、留年、除籍になっても仕方がない」

と、温情などみじんもみせずに、彼女の訴えを突っぱねたのである。

「そのとたん、お母さんはマイクを持ったまま、わーっと泣き出しちゃって、スピーカーからはずーっと泣き声が聞こえてて、会場全体の雰囲気がくらーくなりました」

すぐに大学の職員によって、マイクは取り上げられたものの、保護者会が終わるまで、ずっと母親は泣き続けていたという。

「一年生で二年留年してたって、二十歳でしょう。お母さんは行くところがないっていってたらしいけど、長い人生のうちのたった二年なんだし、試験が難しい大学に入学できたんだから、他の大学に入れる可能性はいくらでもあるわよね」

「そうなんですよ。きっと学校と相性が悪いんじゃないかと思うんです」

「お母さんも子供に対して、夢や希望があるのかもしれないけど、あまりそれにしがみつかないで、他の学校を探したほうがいいのにねえ」

「高額な授業料を払っているし、親もあきらめきれないんじゃないですか。大学は成績のことは家庭内の問題だから親子で相談しろっていうし、親のほうは勉強から就職の斡旋まで、大学側に何でも責任を押しつけようとしているんです」

そして秘密結社のような「留年した学生の親の会」があって、残念な親御さんたちは、お互いを慰め合っているという噂があるといっていた。

どれだけの大学で保護者会が開かれているかは知らないが、こんな話を聞いたら、新入社員が頼りないのは当たり前だとうなずくしかない。大学は勉強をする目的もあるが、社会とのつながりを持って、独り立ちをする心構えを学ぶ場でもある。それなのに成績までいちいち親に報告し、何かあったらすぐに親と相談なんて、いい歳をしていつまで親と一緒に二人三脚をしなくちゃならないシステムになっているのだろうか。

六歳から二十歳過ぎになるまで、そんな学生時代を過ごし、学校を卒業して今までとは違う環境になる会社組織に入り、うまくやっていけるほうがおかしい。ちょっと叱られると若い人は全人格を否定されたと勘違いして、必要以上に衝撃を受けて、へなへなになってしまう。ある会社では「新入社員の叱り方」というマニュアルまで配布されたと聞いた。積み木のように、土台がしっかりしていないと、上に積んだものがどんどん不安定になっていくのと同じような現象だ。親は学費だけを払って、子供から相談を受けない限り、あとは本人まかせでいいのである。

遅くても二十歳になったら、親離れ、子離れをするべきだと私は思うけれども、一

時期、通り魔事件が多発したとき、四十歳そこそこの独身の女性が、

「親にも責任を取ってほしいですよね」

といったので、私のような考え方は、どうも古いらしいと気がついた。そのときの事件の犯人たちは未成年ではなく成人ばかりだったので、本人に責任を取らせるのが当たり前と私は考えたのだが、彼女は、

「親はそういう子供を育てたという責任を、一生負うべきだ」

という。たしかに血はつながっているけれど別人格なのだし、連帯責任はいかがなものかといいたくなったが、彼女のような考え方の人もたくさんいるのだろう。

いつの時代も子を持つ親の悩みは尽きない。私もネコを飼いはじめてから、はじめて親の苦労がわかった。しかし最近は小、中学校のモンスターペアレントも含めて、変わった考えの親が多くなって、ちょっと理解できない。そしてネコが大学、留年などの言葉とは、関係のない生き物で本当によかったと、胸を撫《な》で下ろしたのである。

自分の体も人まかせ？

同年配の友だちの持っていた携帯電話が、突然、壊れてしまった。数日後に習い事の発表会を控えているのに、三味線で伴奏をしてくれる先生が体調を崩してしまったので、最悪の場合は発表会出演をキャンセルしなくてはならないという重大な問題が起きた。現状が随時、電話やメールで知らされるので、携帯がないと困る状況に陥った。あわてて近所の携帯ショップに走ったら、自分が使い慣れた機種は影も形もなかった。それは何年も使い続けていたもので、横を向いても操作ができるくらいに手になじんでいて、多少の型違いならなんとかなるだろうと考えていたのに、店にあるのはほとんどがスマートフォンになっていたのである。

彼女はスマートフォンに興味がない。携帯も電話ができメールの送受信ができればいいと思っているので、いろいろな機能は必要ないし、スマートフォンが発売された当初、街中や電車の車内で、人々が指で画面をこすっているのを見て、

「どうしてみんな、そんなに画面が汚れているのだろうか」

と不思議に思っていたという。後日、あれは汚れを拭いているのではなくて、画面を指先でこすって操作すると知って、とてもじゃないけど、私には使いこなせないとびっくりしたのだそうだ。

店員のほうは、

「新しくするのだったら、やっぱりスマートフォンですね」

としつこく勧める。これまでと同じようなタイプに買い替えたとしても、使っているうちに機能の面で不満が出てくるだろうという。

「使っていた携帯が壊れなければ、ずっとこれを使い続けていたかったの。この歳になると、最新型の機種の使い方なんてすぐに覚えられないから、古いのでいいです」

としつこいお勧めを断り続けた。すると彼は、

「そうですか……」

とがっかりした表情になり、店の隅のまた隅に、忘れ去られたかのように置いてあった、スマートフォンではない携帯を持ってきた。彼女は現物のその三個からひとつ

を選び購入した。

「それがね、使ってみたらしつこく羊が出てきて、何か用はないかとか聞いてくるの。いちいちメールが着いただのなんだのってうるさいし」

と文句をいう。

「でもその羊は、どこかを何とかすれば、しゃしゃり出ないようにできるんでしょ」

「できると思うんだけど、いったいどうやったらいいかわかんないの。とにかく発表会が終わるまでは、羊はうるさくて迷惑だけど、仕方がないからこのまま放っておくわ」

パソコンよりも携帯電話のほうが、買ったとたんに古くなる速度がずっと速い。私は未だに携帯は持っていないので、話を聞いてもわけがわからず、

「はああ、ほおお」

というだけである。

スマートフォンの話を聞いても欲しいとも思わないし、居職なので家でほとんど連絡がとれるし、また緊急に連絡が必要な仕事もしないので、必要がないのである。以前は、母親の身に何かあったら買おうと決めていたのだが、二〇〇八年に彼女が脳内

出血で倒れたときも、携帯を買う必要がある事態にはならなかった。これから母親がもっと歳を取って日常生活が困難になったり、病院に入院し、緊急事態が起こる可能性があるときには買うかもしれない。

私は方向音痴なので、携帯のナビ機能は便利かもしれないと思うのだが、それも事前にインターネットや地図で調べて外出すれば問題ない。外出先で移動が多く、あれこれ調べる必要がある人と違い、私の場合は事前にちょっと手間をかければそれで済むのである。たくさんの情報や財布の機能までが携帯のなかに凝縮されていて便利なうえ、かわいいイヌ、ネコの写真や動画も取り込めて楽しめるのは理解できる。

たとえば小学校の体育の授業で、大縄跳びの縄がぐるぐると回されているとする。入るタイミングをはかっているうちに、いったいいつジャンプする決断をすればいいのかわからなくなり、結局、縄のなかに入れない子がいる。私は実際の授業のときには、ちゃんと縄のなかに入って跳んでいたが、「便利ですよ」といわれているものの中には、ほいほいと入っていけない質《たち》なので、そういう点では縄のなかに入れないタイプなのである。

人々を携帯につなぎとめておくために、様々なサービスが次から次へと出てくる。占い、ゲームはもちろんだが、スマートフォンが発売される直前、電車の車内で古い型の携帯の小さな画面で、四人打ちの麻雀《マージャン》ゲームをやっている男性を見たときには、

「あのスペースで麻雀ゲームができるなんて信じられない」

とさすがにびっくりした。画面に映し出されている牌《パイ》の一個なんて、幅一ミリあるかないかである。いくら麻雀が好きでも、老眼の私にはとても無理だ。

「すごいもんだなあ」

と彼の後ろからぼんやりと眺めていたが、また別の携帯のサービスを知って、びっくりした。

それは女性向けに生理日予測をしてくれるという携帯サービスである。

「そんなもの、わざわざ人に教えてもらうものなのか」

と呆れた。この年齢になってそういった事柄とは無縁になった私は、毎月、なにも気にしなくて済むので、本当にすっきりしたのだが、若い頃はこっそりと手帳に自分だけがわかる印なんぞをつけたものだった。高校生のときなど、なぜか手帳の

他の部分は見られても、ここだけは仲のいい友だちにも見られてはいけないと思っていた。

ひと月過ぎるごとに周期の日にちを記入し、自分で計算をして、

「来月はこのあたりか」

と予測する。私だけではなく、他の女性たちもみなこのようにしていたと思う。ところがである。データを携帯のお知らせサービスに登録すると、「そろそろはじまりますよ。この日は危ないですよ」というふうにご親切に知らせてくれるというのである。世も末である。自分の体のことなのに、他人に教えてもらうとは、なんという堕落なのだろうか。何らかの不安な症状があって、友だちにも相談しにくいし、病院にも行きづらい。その前にちょっと、婦人科系の医療サービスに聞いてみようかというのならばわかるが、女性が普通に自分自身で管理できる事柄までしなくなったなんて、

「いったい、あんたたちはどういう了見なんだよ！」

といいたくなった。

調べてみたらこのサービスには二百万人が登録しているらしい。それだけ自分の体を管理するのを面倒くさがり、自分の頭で考えない女性がいるという証である。その

サイトには見本の画面が掲載されていて、危ない日があるということは安全な日もあるわけだが、避妊は大切であると書いてあった。しかし自分の体のことを、ちゃっかり人に教えてもらおうなどと考える女性が、避妊を第一に考えるわけがない。いかに避妊をしなくていいかを考えているに決まっている。もちろん妊娠を希望している女性たちも多いわけだけれど、どちらにせよ、自分の体を他人まかせにする女性が、それだけいるのは事実なのだ。新しく商売を立ち上げるときには、他がやっていない分野に目をつけなくてはいけない。なので隙間を狙ったそのようなサービスに、自分の頭で考えようとしない女性たちが、見事にひっかかったわけである。

携帯がこんなに普及するずっと前、自分の推定死亡年齢がわかるサイトがあって、年上の編集者や周囲の人が、遊び半分でやっていた。たしか祖父母、両親の死亡年齢、病歴、喫煙の有無などの質問に答えるもので、みんなで、

「いくつだった？」

と聞き合っていたのだが、私よりも一回り年上の編集者の男性は首をかしげていた。どうしたのかとたずねたら、

「表示された亡くなる年齢をとっくに過ぎているけど、こういう場合はどうすればい

いんだろう」

　と真剣に悩んでいたので笑ってしまった。ちなみに彼は現在も、なんの問題もなく元気に過ごしている。たしか私の年齢は九十歳を過ぎていた記憶があり、そんなに……、いいですと遠慮したくなった。人の生死についてそんな遊びをと、不謹慎という人もなかにはいるかもしれない。私は自分でまったく予測がつかず、誰も本当のことがわからない、こんなサービスならば面白がれるが、自分で予測がつくのに、自分の大事な体のことを人まかせにするのは許せないのだ。

　私のような新しい物に、すぐに飛びつかないタイプは、流行に乗り遅れないようにしている人たちから見たら、フットワークの重いダサイ人なのかもしれない。しかしそういう人たちは私からすると、うまく商売にのせられた、企業にとってもカモとしか見えない。そしてつい先日、雨が降りそうなときに教えてくれるサービスがあると聞いてまた驚いた。

「そんなの天気予報をチェックして、空模様を見て判断すれば済むじゃないか。ゲリラ豪雨に遭遇するのがいやだったとしても、折りたたみの傘を持ち歩けばいいのではないか」

もうため息しか出てこない。日々、頭を使わない若い人たちが歳を取ったとき、いったいどうなるのかと考えると、ちょっと恐ろしくなってきたのである。

適職はなんですか？

同年配の独身の友だちと、

「今やっている仕事は、はたして自分に合っているのだろうか。それとも他にあったのだろうか」

と話すことがある。だいたいそういうときは、やっている仕事がうまくいかなかったり、腹の立つ出来事があったりして、

「あーっ、もうやめたいっ」

という状態で、現状にうんざりしている証拠なのだ。

今は不況なので、若い人でも転職はままならない。語学が堪能《たんのう》で仕事もよくできて性格もよく、まじめに働く若者ならば、転職もスムーズにいくかもしれないが、まじめには働くけれど、やたらと文句が多いおばちゃんとなったら、転職などできるわけがない。年齢をはじめ、採用条件のすべての項目でひっかかるのは間違いない。あれ

これ話しているうちに、結局、

「今から転職できるわけでもないし。やっぱり、今の仕事を続けていくしかないんだわねえ」

とため息をついて愚痴のこぼし合いは終わる。そんなことを、もう何回も繰り返しているのだ。

自分が就いている職業を天職だと喜べる人はどのくらいいるだろう。私はよく、

「物を書く仕事ができてうらやましい」

といわれ、夢を叶《かな》えたと誤解される。私は物書き専業になるために、三十歳になった年の年末で退職したのだが、それまで会社勤めと原稿書きで忙殺され、どうしようかと悩んでいたのは事実だったけれど、やめる半年前まで、専業の物書きになる気など、まったくなかった。父親がフリーランスで収入が不安定だったので、会社に勤めてお給料をもらい、定年まで働くのがいいと思っていた。しかし本心は働かないで本ばかり読んで暮らしたかった。定職には就かずにアルバイトで食いつなぎ、あとの自由になった時間は、本を読めればいいとそれだけ思っていたのだった。

それが母と弟の猛反対で許されず、大学を卒業してから数回の転職を繰り返し、今

の仕事をするようになってしまった。それも偶然に偶然が重なったような状態で、自分の気持ちとは関係なく、あらららといっている間に、こういうふうになってしまったといったほうがいいかもしれない。なかには、

「それはそのように、生まれたときから決められていたのですよ」

という人もいるが、他人に対してはそう思う場合もあるけれど、自分については首をかしげる。

若かった頃は、

「お前のような女が本を出せるなんて」

とむかついたらしい手紙を何通ももらった。それを読んで、

「たしかにそうかもしれないなあ」

と思った。彼らはどうやら物を書く仕事に就きたいのに、ふと見ると利口そうでもない若い女が本を出している。こんな奴が書いたものより、自分のほうが頭がよく、内容も高尚なのに、どうして本が出せないんだろうといいたかったのだろう。それはごもっともである。自分でも仕事がいただけるのが不思議なくらいである。ただ彼らと違うのは、私は運だけはよかった、その一点だけだ。運だけでここまできた。それ

をいうと自分ではどうにもならない、運に恵まれなかった彼らは身もだえして、私が新しい本を出すたびに、恨み言を書き連ねて送ってくるのだった。

本を読んできた自負はあるが、書くという行為に対しては自分で努力をした覚えがないので、とてもじゃないけど、今の仕事に対して天職などとはいえない。別の分野でもっと人の役に立てたのではないかと、この年齢になると考える。小学生のときに看護婦さんになりたいと、ちらっと考えたので、数年前に友だちの占星術師にその話をしたら、

「あなたにはその要素がひとつもない」

といわれた。看護師になる人には、ホロスコープで判断すると奉仕の印があるのだという。そういうと語弊があるかもしれないが、風俗嬢にも同様に奉仕の印があるらしい。奉仕の幅は広いのである。それが私にはない。小学生のときの夢を叶えて看護師になったとしても、患者や医者に迷惑をかけて、退職するはめになっていたかもしれない。

ついこの間も、いつまでこの仕事を続けるのだろうかと考えた。フリーランスなので、続けるというよりも、続けられるかどうかといったほうが正しいだろう。もちろ

んやめてしまえば、収入が途切れるので生活が成り立たないし、お仕事がなくなったら廃業するしかない。生活させていただけるのはありがたいけれど、もっと私には適職があったのではないかと思い、あれこれ想像していたところ、インターネットに適職を教えてくれる無料サービスがあると知ってやってみた。おまけにまじめに職業を探している人のためというより、おちゃらけが入っていたので、より私は楽しめた。

まず本名で調べてみると、適職の一位は主婦、二位はバスガイド、三位も主婦であった。説明は特になく、一位と三位の違いは、専業か仕事を持っているかの差なのではないかと推測した。全然、頭になかった主婦が適職のベストスリーのうちの二つを占めていたが、私にとってはいちばん就くのが難しい職業だ。次はペンネームでやってみた。すると一位はバスガイド、二位は王様、三位は総理大臣……。何だこりゃ、である。本名、ペンネームの両方にバスガイドが登場しているところをみると、私にとっての適職はバスガイドということになるのだろうか。一時はカラオケに凝ったから、歌を歌うのはまだしも、大勢の人を盛り上げるなんて苦手だし、車に酔いやすい質の私が、進行方向の反対側を向いて、車に揺られ続けるとなったら、客より先にエチケット袋が必要になるのは目に見えている。いったいどこが適しているのかわからないのだ。

二位、三位も意味がわからない。

「王様って国家のキングじゃなくて、王様の格好をしてディープ・パープルの『ハイウェイ・スター』を『高速道路の星』って歌ってた人のことかしら。衆議院と参議院の議員の定数さえ知らない私が、総理大臣？」

見事におちょくられている。おまけに前世占いもできるようになっていて、本名での前世は、「約五百年前にスウェーデンに生まれた警察官」。これはまともであるが、ペンネームでは、「西暦八五〇年のブラジルに生まれたイタコ」だった。イタコは恐山《おそれざん》だけではなく、ブラジルにもいるのか？　ペンネームで調べたほうが、おちょくられ度が高い。名前をチェックしたコンピュータが、

「こいつ、変な名前してんな」

と判断し、その結果、適職も前世もへんてこになった可能性はある。

ちょっと楽しくなってきたので、頼まれてはいないけれど、このページの担当の幻冬舎のKさんを調べてみた。すると適職の第一位はカメラマン、二位はサッカー選手、三位は指揮者であった。

「どれもかっこいいじゃないか」

ちょっとむっとした。適職はかっこいいけれど、その反面、前世はきっとかっこ悪いに違いないと期待したら、「縄文時代のドイツに生まれた宣教師」であった。縄文時代のドイツという表記がいまひとつわからない。ゲルマニアの前ということか？宣教師という仕事があったかどうかもわからないけれど、とにかく人々に教えを説く、立派な人物だったのはわかった。

次に他の出版社の女性であるが、新入社員の頃から二十数年付き合いが続いている、Nさんを調べてみた。すると第一位はトランポリン選手、二位はラーメン屋の店長、三位は陶芸家だった。そういえば彼女はいつも、ぼんぼんと弾んでいるようにも見えるし、ラーメン大好きだし、体形が陶器の壺と思えないわけではない。なーるほどと感心しながら前世を調べたら、何と「西暦一二四一年、中国生まれのみじんこ」。意表を突く結果に大笑いした。魚の餌になり、けばけばがあって、ぴょんぴょんと動くみじんこ。中国なのに生まれ年が西暦だったり、一二四一年と妙に詳しいところが謎だ。

「そうか、みじんこは跳ねるように動くから、トランポリン選手なのか」

適職と前世の微妙な一致に深くうなずき、よくぞみじんこから人間に生まれ変わり、有能な編集者として働いているものだと、拍手を送りたくなった。

予想外の、前世にみじんこが登場して私のテンションは上がり、ついでに長年お世話になっている幻冬舎の取締役、I氏もやってみた。すると第一位はメイドカフェ店員、二位は新聞記者、三位は時計修理士。突拍子もないものはない。二位、三位は彼の雰囲気からして、その仕事に就いていても違和感がないし、一位も彼が秋葉原にいたら、メイドさんたちを陰で統括して、それなりになじんでいるような気がした。そして彼の前世は「弥生時代のマレーシアに生まれた、はにわ職人」だった。これもまた、弥生時代にマレーシアって、どういう意味かと疑問が湧いてくるが、ともかく彼に、

「はにわ職人やってました」

といわれても納得できる結果であった。

ひとしきり楽しんだ後、もうここまできてしまっているのだから、せっかく何らかの巡り合わせで就いた今の仕事を、依頼がある限り、やり続けなくてはいけない。生まれ変わって、主婦やバスガイドといった適職に就いたら、今よりももっと楽しい

日々が送れるかもしれないが、来世はみじんこになる可能性もある。とにかくおとなしく目の前の仕事をひとつひとつ片付けていこうと、肝に銘じたのだった。

散歩の偶然

私にはふだん、ABCの三つの散歩ルートがあり、その日の気分や用事、買い物の都合によって、使い分けている。幹線道路や広い道沿いに歩いていけば、ほとんど迷う心配はないのだが、方向音痴のくせに路地が好きなので、歩いているとつい横道に入っていってしまう。幹線道路などにはまず動物はいないので、ネコをはじめとする動物たちとの出会いがないのがつまらない。なので途中までは広い道路を使っても、ほとんどは住宅地の路地を歩く。家の庭にイヌがぼーっと座っていたり、思いがけず八匹ものネコだまりを見つけたり、リードをつけたフェレット五匹が、飼い主の前をもそもそと歩いていたりと、私にとっては何よりもありがたい光景に出くわす。そういう日は家に帰っても、網膜に焼き付いた画像を脳内で再現して、

「むふふふふ」

と笑う。散歩の後で仕事をしなくてはならなくても、ふと手が止まったときに、そ

の、

「むふふふふ」

があると、もうひとがんばりしようと、気合いが入るのである。

しかし自分に都合のいい光景ばかりを見るわけではない。Ａルートの幹線道路を歩いていたら、車道の信号が赤に変わって車が止まった。そのとたん、

「ばかにしてんのか、この野郎」

という怒鳴り声とともに、車の運転席から細身のスーツ姿の若い男性が飛び出してきた。年齢は二十代後半といったところだろうか。いったい何が起こったのかと歩道から眺めていると、彼は運転していた車の前に止まっていた、配達中らしきバイクに向かって走り寄った。運転していた男性は、フルフェイスのヘルメットをかぶっていたので、はっきりとした年齢はわからないが、体形からしてスーツ男よりは年上のように見え、バイクにまたがったまま振り返った。

走行中に腹が立つ出来事でもあったのか、スーツ男は、きゃいきゃいと甲高い声で怒鳴り、「殺したろか」「ふざけんな」という言葉をところどころに差し挟みながら、拳を振り上げて殴りかかろうとした。しかし相手がフルフェイスのヘルメットをかぶ

っているのを見て、顔面を殴って憂さばらしができても、その何倍も自分の手が痛くなると気づいたようで、握った拳を震わせながらおろし、地団駄を踏みながら、再び、きゃいきゃいと怒鳴りまくった。その間バイクの男性の体勢はまったく変わらなかった。そのうち信号が変わって後続の車からクラクションを鳴らされると、スーツ男は最後に身をよじって、

「ばかあーっ」

とひとこと怒鳴って車に戻った。バイクの男性は何事もなかったかのように、あっという間に走っていった。

「いったい何があったかわからんが、あんなにヒステリックな人が、車を運転しているのが恐ろしいのう」

スーツ男の様子が、幼稚園の園児が、○○ちゃんがいやなことをしたと怒っているようなレベルで、苦笑いをするしかなかった。

Aルートにある幹線道路は拡張工事を重ねて、きれいになっていった。コンビニもできて、夜、タクシーに乗って帰るときは、それが左折する目印にもなった。その隣に上下二部屋ずつの、二階建ての小さなアパートがあるのも知っていた。ところが何

年か前に、そのアパートに住んでいる若い女性が、自室で殺人事件の被害者になった。テレビでは毎日、殺人事件のニュースが流されているし、他人事として見ていたが、たまたまニュースを見ていて、被害者の住んでいたアパートと紹介された映像で、

「あ、あそこだ」

と散歩の途中にあるそのアパートだとわかったのだった。

被害者とは面識もないけれど、それまでの見知らぬ人の事件とはまったく違う感覚が込み上げてきて、知り合いの娘さんが亡くなったような気持ちになり、気の毒でならなかった。しばらくは辛くてそのアパートの前は通れず、遠回りでも反対側の歩道を歩くようにしていた。その後、アパートは改装されたが、結局、更地になって家が建った。余計なお世話ながら、その家を建てた人は、その場所で何があったか知っているのだろうかと心配になった。まあ東京は戦争中は、たいへんな状況だったから、どこでも人は亡くなっていただろうし、かつて墓地だった場所に住んでいるかもしれない。しかし事件の記憶が残っている私には、散歩に出て妙に静かなその家の前を通るたびに、気になって仕方がないのだ。

Ｂルートは途中に書店が二軒あるのを発見し、昨年からひんぱんに使うようになっ

た。ある日、住宅地の路地を歩いていると、小綺麗《こぎれい》なマンションの、窓を開け放った部屋から、男性が騒ぐ声が聞こえてきた。私が散歩に出るのは、平日の午前中か、午後のまだ陽がさしている時間帯なので、成人男性は会社に出勤しているか、学校に行っているかのどちらかだろう。その騒いでいる人数も、一人や二人ではなく複数なのだ。その部屋が会社になっていたとしても、とても仕事をしているとは思えないような賑《にぎ》やかさなのだ。マンションに住んでいる学生が、大勢の友だちを連れてきているのかもしれないと思い、その日はそのまま書店に寄って帰った。

ところがそのマンションの前を通るたびに、部屋は大騒ぎになっている。私の散歩をする時間が違っても、いつも大騒ぎなのである。たとえ大はしゃぎをする社員が多い会社であったり、学生の溜まり場となっていたとしても、毎回大騒ぎをしていることなどあるだろうか。不審に思って立ち止まって物音を聞いていたら、男性の声の合間に、カチ、カチという音が聞こえた。麻雀である。麻雀が好きな私はそれが牌の音だとすぐにわかった。マンションの部屋で麻雀をしているのはわかったけれど、雀荘の看板が出ているわけでもなし、昼間から大人数で麻雀ができる状況というのは、いったいどういうわけだろうかと首をかしげていた。

そしてある日、ニュースを見ていたら、従業員に賭け麻雀をさせていた賭博《とばく》開帳図利《とり》容疑で、男性が逮捕されたと報道していた。流された現場の映像を見て、また私は、

「あ、あそこだ」

とびっくりした。例のいつも大騒ぎのマンションだったのである。近所から騒音の苦情が寄せられて、警察が調べて発覚したらしい。偶然、世の中の話題になった現場を知っていた私は、同じニュースでも楽しくなるニュースだったらよかったのにと、いまひとつ残念だった。

Cルートの途中には図書館がある。絶版になった資料に使う本を借りに行くが、棚を見て自分が知らなかった本も一緒に借りる場合が多い。その日も資料にする本はすぐに見つかり、館内も空いていたので、他に三冊ほど借りて帰ってきた。そのなかの俳人の中村汀女《ていじょ》の随筆を読んでいたら、ページの間から十年ほど前にはやった、頭の毛がアフロになったアフロ犬のメモ用紙が出てきた。大きなアフロヘアがレインボーカラーになっていて、白抜きになった星が並んでいる。スタータイプといわれていたものではないかと思う。裏側には、整ったきれいな文字で、

「おかあさんへ　こんばんは。少しは元気になりましたか？　おいしそうな大福を

発見したのでお届けしますね。モリモリ食べて元気になって下さいね。賞味期限が短いのでお早めに。芳子（仮名）」

と書いてあった。芳子さんは、実母か義母かはわからないが母の体調を心配して、好物の大福を購入して届けたのである。会えなかったのでメモを同封して、紙袋かレジ袋に入った大福餅を、ドアノブか郵便受けに置いたのだろう。

私は、血がつながっていてもいなくても、母親にこのようなメモを書き添えて、大福餅を届けた芳子さんの優しさに感激した。それ以上に感激したのは、メモを読んだら捨ててしまってもいいのに、本のしおりとして使い続けていたお母さんの気持ちである。

体調が悪いとなったら本も一気には読めないだろう。ページをめくっていても、なんとなく眼も体も疲れてしまうが、そのアフロ犬のメモを見れば、うれしくなってまた明日、続きを読もうという気にもなる。本のページを開くたびに、アフロ犬のメモは何度も目を通されて、お母さんは喜びを反芻《はんすう》していたのに違いない。そして読み終わったときに、アフロ犬を取り出すのを忘れ、本を借りた私の目に触れたというわけなのだった。

しばらく私は芳子さんとお母さんの気持ちにほのぼのとしていたのだが、もしかしたらと別の思いも浮かんできた。義母は本当は大福餅が大好きなのに、医者から甘い物は止められている。それを知った宿命の敵である嫁の芳子が、義母が体調が悪いと聞いて、わざと大福餅を購入して嫌がらせをした。顔を合わせたくないので、家の中にいるのに声をかけず、こっそりドアノブに掛けて帰ってきた。アフロ犬のメモは子供が使っていたのを横取りしただけである。ドアノブに掛けてある大福餅を見て義母はあの鬼嫁めと激怒したが、このメモはかわいい孫が使っていたものだろうと、裏面は見ないようにして、単にかわいいイヌのしおりとして使っていた。そして本を読み終わった後はその存在は忘れた。

「うーむ、どっちなんだろう」

メモをもう一度よく見たが、芳子さんの文字からは悪意は感じられず、善意の大福餅だった可能性が高い。たまにはほのぼのする偶然もあってほしいと、実はそちらのほうにより興味があるのだが、私は嫁姑《しゅうとめ》の宿命の対決は封印することにしたのだった。

ネコの集会

私は週に一度、体質改善の和漢の漢方薬を調剤してもらうために、薬局に通っている。最初はそこから徒歩三分の最寄り駅を使うルートで通っていたが、少しでも歩く時間を増やそうと、別の路線の駅からそこまで徒歩十二分のルートに変更した。

先日もふだんとは違う道を歩いてみると、こぢんまりとしているが、次々に人が入店していく洋食屋があったり、私が子供の頃におつかいに行ったような、昔懐かしいマーケットが残っていたり、「打ち直しします」と店頭に掲げてある布団店があったりと、発見がいろいろあった。表通りには高層のオフィスビルが立ち並んでいるけれど、裏手になるとうちの近所よりも、もっと昭和な雰囲気が漂っている。昔に建てられた豪邸も多く、目の保養にもなった。

とにかく方向音痴なものだから、幹線道路を目指して住宅地の路地を歩いていると、小さな公園があった。もとは家が建っていたのが、住人がいなくなった後、区が土地を買い上げて公園にしたといった感じで、住宅が並んでいるなかに、ぽっこりと空間がある。公園の前では自転車を押した七十歳くらいのおじいさんが、

「どうした、どうしたの？　ん？」

と小声でいっている。いったいどうしたのかと見てみたら、ネコが三匹いた。ネコが三匹もいるからには、私も素通りするわけにはいかず、彼と並んでじっと事の成り行きを見つめていた。

公園は敷地を囲むように花壇が作られていて、入り口の左奥には鉄製のベンチ、右奥には鉄製か陶製かわからないが、地べたにしっかりと埋め込まれたスツールが、三つ並んでいる。そして一番奥のスツールの上に、丸顔でぷっくり太ったキジトラ、まん中には同じく丸顔でむくむくしている茶トラが座っている。お互いに鳴いたりアイコンタクトをとったりするわけでもなく、ただどっしりと鎮座しているだけ。そして足もとには、茶トラと白のぶちの、これまたまん丸い顔の子がいて、小声で、

「みゃっ、みゃっ」

と鳴きながら、そこいらへんを歩き回っている。その子も二匹のほうを見ないで、ただ歩きながら鳴いているだけなのだ。

三匹のネコを見ていると、特別、仲よしのようには見えなかった。お友だち同士のネコは、顔を合わせるとやはりうれしいのか、尻尾をぴんっと立てて、ふんふんと匂いを嗅ぎ合ったり、じゃれたり、体をすりつけたりする。しかしこの三匹はお互いの意思を疎通させようとする気配が見えず、淡々としているのだった。

「どうした？　ん？」

ネコ好きらしい自転車のおじいさんは、何度もネコたちに声をかけていたが、見事に無視されていた。彼はネコに向かって体が前のめりになっていて、自転車をスタンドで固定するのも忘れている。自転車に乗って通りかかり、ネコたちがいるのを見て思わず降りてしまい、そのままじっと見続けていたのに違いない。どんなネコでも、一声、二声かければ、返事はしないながらも、こちらを向くとか、何らかの反応があるはずなのに、完全に知らんぷりだ。それなのにおじいさんは、この三匹が気になるようで、

「何かあったの？　ん？」

と何度も声をかけ続けていた。もしかしたらネコは、

（うっせえなあ、あのおやじ）

と思っていたのかもしれないが、こちらのほうに目を向けもしない。おじいさんともども私も完全に無視され、ネコ三匹は住宅地の小さな公園で、自分たちの世界を築いていた。

その場所は周囲の住宅の陰になって、その時間帯は陽も差しておらず、ネコたちがひなたぼっこ目当てにいるわけではない。ずっと観察していても、スツールの上の二匹は、まるで置物のように、じっと座っているままだ。茶と白のぶちは、地べたに座ることもなく、相変わらず小声で鳴きながら、スツールの周囲を歩き回り続けている。私はこれまで外でたくさんのネコを見、声をかけたりしているが、このような状況ははじめてだった。私が傍《かたわ》らに立っているのも気がついていないおじいさんは、ただひたすらじーっとネコを眺め、思い出したかのように、

「どうした？　どうしたの？」

と声をかける。しかし状況は変化せず、ネコたちと私たちは何の接点もないまま、数分が過ぎていった。

そのとき茶と白のぶちが、スツールの上の二匹の顔を見上げ、

「うにゃにゃ、にゃ」

と鳴いた。スツールの上の二匹は鳴くこともなく、キジトラのほうが、ちらりとぶちに目を落とした程度だったが、はじめてネコ同士がコンタクトを取った瞬間だった。

「おおっ」

おじいさんが声を上げた。私もこれから何かがはじまるのだなと、興味津々で見ていると、茶と白のぶちは、たたたーっとものすごい勢いで、私たちのほうに向かって走ってきた。

「おおおおーっ、何だ、何だ」

おじいさんはびっくりして、足をばたばたさせた。私も思わず、

「わっ」

と声を上げてしまったものの、ぶちは私たちには目もくれず、公園の出入り口で四本の足をぐっとふんばり、

「にゃあ、にゃあ、にゃあ」

と公園に面した幾本もの細い路地に向かって大きな声で鳴いた。

「いったいどうした、えっ、どうしたんだよう」

おじいさんはびっくり仰天して、目がまん丸くなっている。それでもぶちは、こち

らを完全無視して、三度鳴いた後は、またさささーっとスツールに鎮座しているネコのところに戻っていった。

するとぶちが大声で鳴いた方角の、そこここの路地から、黒やら白黒ぶちやら、赤茶やらまだらやら、数匹のネコが次々に早足で姿を現し、公園内に走っていった。

「わあああ」

おじいさんと私は、びっくりして同時に叫んでしまった。それまでネコがいる気配など、これっぽっちもなかった住宅地の路地から、あんなにすぐにそれも何匹ものネコが姿を現すなんて、信じられなかった。

ネコたちはスツールの周囲に集まり、じっと座っている。スツールの上のキジトラと茶トラはやはりひとことも鳴かないし、数匹のネコが集まってきたからといって、降りようともしない。新しく参加したネコたちも、動き回ることはしないで、ずっと地べたに座っている。そんななかで茶と白のぶちだけが、

「うにゃにゃ、うにゃにゃにゃ」

と小声で鳴きながら、ネコたちの周囲を歩き回っていたのだ。

（これってネコの集会じゃないの。夜だけじゃなくてこんな昼間でも開くんだ）

私はびっくりしながら、公園に集合したネコたちを眺めていた。おじいさんはあまりの衝撃で、口を半開きにしたまま、その場にずっと固まっていた。はっと気がついて時計を見ると、約束の時間に遅れそうだったので、私は後ろ髪をひかれつつ、その場を立ち去った。しばらく歩いて振り返ると、おじいさんはさっきと同じ体勢で、ずーっと立ち尽くしていた。

スツールの上の二匹は、きっとその周辺のボスなのだろう。奥にいたキジトラがトップで、茶トラがサブといったところだろうか。そしてスツールの上に乗るのはまだ許されないが、連絡係及び雑用係として登用された、ぱしりの茶と白のぶち。ぶちが大声で鳴いてから、ネコたちが次から次へと集まってきたのは、あっという間だった。ということは参加してきたネコたちは、付近で待機していたということになる。

考えてみると、何月何日の何時頃に集合と、前もって決めていなければ、ネコだって待機できるわけがない。急遽《きゅうきょ》決定した場合、公園から離れた場所で散歩をしている可能性だってあるからだ。ぱしりがボスたちの様子をうかがって、

「呼んじゃっていいですか、えっ、まだ、まだ？　わかりました」

と集合時間を見計らう。そしてゴーサインが出たので、大声で鳴いて知らせたのだ。

　それにしてもネコたちはカレンダーも時計も持っていないのに、なんで日にちや時間がわかるのだろうか。たとえば茶と白のぶちが集合の号令をかけたとして、一匹、二匹が、時間をかけて集まってきたのなら、

「たまたまそばにいたネコが来たのだな」

　と思うけれど、集合の合図と同時に、わらわらと集まってきたというのは、明らかに彼らには計画性があったとしか思えない。

　うちのネコが若かった頃、冬の夜中にものすごく外に出たがったことがあった。私は、

「集会があるの？　ご近所最強のメスネコとしては、欠席するのはまずいよね」

　とドアを開けてやり、帰ってくるのを待っていた。三十分ほどして戻ってきたので、

「寒かったね。早くベッドにお入り」

　と一緒に寝ると、冬の夜中の十二時すぎに外に三十分はいたはずなのに、ネコの体がほかほかとものすごく温かかったので、びっくりした覚えがある。寒空のなか、ネコたちは体を寄せ合い、ネコ団子を作って寒さをしのぎながら集会を開いたのではないだろうか。

私にとってネコの集会は謎だった。その一部始終を目撃できて、特別なプレゼントをもらったような気持ちになった。そして今でもあの光景を思い出すと、うれしくて顔がゆるんでしまうのである。

大家さんも楽じゃない

老後が安泰な状況というのは、一般的に持ち家に住んで、貯金も潤沢にある生活だろう。昔も今もそれは変わりはない。持ち家にはまったく興味がなかった私は、母親と弟に金をむしられるように、実家を建てさせられ、私名義の資産はあるにはあるが、ちっともうれしくない。私を家に入れたくないらしく、合鍵ももらっていないし、私の貯金はないのも同然で、世の中でいわれているような、安泰な状況などでない。どうやら体が動く限り働き続ける、労働者として生まれついたらしい。仕事もいただいているし、体調の好不調はあるけれど、大きな病気もせずにきたことを、幸せだと思うようにしようと、この年齢になると考える。それでも、もうちょっと働かないで済むほうがよかったなあと思うのは事実なのだ。

たとえば、アパート、マンション経営など、家賃収入がある大家なら楽勝だ。アパートの一棟も持っていれば、金銭的には一生、何の苦労もなく、暮らせるといわれていたし、私もそう思っていた。しかし今はそれがそうではなくなってきていると、知り合いの女性から聞いたのだ。

彼女と夫は、自分たちは一戸建ての持ち家に住み、マンションの一室を所有して賃貸で貸している。まだローンは一年ほど残っているのだが、3LDKの家族仕様と広さもあるのでそれなりに家賃収入も得られ、何かあったとしても、それで最低限の生活は保障されるしくみになっている。

「いいわねえ、大家さんって。家賃収入がずっとあるものね」

そういうと、彼女は首を大きく横に振って、

「それが大変なのよ。面倒くさいからローンの支払いが終わったら、売ろうと思ってるのよ」

という。

「せっかくの不労所得をもったいない」

といいたくなったが、大家には大家なりの苦労があるらしい。

何がいちばん面倒かというと、家賃の管理だという。夫婦は二人とも時間が不規則な仕事をしているので、部屋を貸すようになってから、家賃についてはいちいち通帳

を確認していなかった。入居のときに契約書も交わして信用しているし、住人が子供がいる家族だったので安心していた。ところが昨年末、税金の申告のために通帳を確認したところ、家賃振り込み用の通帳の残高が、一年前からまったく変動がない。あれっと首をかしげつつ、このごろ老眼が進んでいるからと、もう一度、よーく見てもやはり通帳には、一年前の振り込み以降、何もないのである。

驚いて仲介した不動産業者に連絡をすると、

「はー、やられましたか」

と淡々としている。そして、

「ちゃんと毎月、チェックしないのが悪いんですよ」

と、まるで貸しているほうが悪いようないわれ方をした。業者の話を聞くと、昔から家賃を払わない人間はいたけれど、今はそんなふとどきな人が激増して、トラブルが絶えないそうだ。それも失業したとか、病気になったとか、大家のほうも、

「それは仕方がないかも」

と温情が湧くような状態ではない。ちゃんと会社に勤めて収入もあり、子供もいるのに、別のところにお金を遣って家賃分がなくなっちゃったケースがほとんどで、し

まいには、

「仕方がないだろ。ないものはないんだ」

と開き直る。そして居住権だの何だのと、権利ばかりを振りかざす。

「こんなことがあるのかと、仰天して担当の人に連絡したんだけど、彼にとっては日常茶飯事だから驚きもしないのよ」

「へえ、そんなに家賃を踏み倒す人が多いんだ」

そういえば十八年ほど前、仕事部屋を借りていたとき、たまたま大家さんと顔を合わせると、

「いつも家賃を払ってくれてありがとう」

と御礼をいわれた。

「えっ、それは当たり前のことですから」

と答えると、

「いやあ、それがねえ。きちんと払ってくれる人っていなくてねえ」

といっていたのを思い出した。それからも世の中の家賃支払い事情は悪くなり、今では不動産業者が、踏み倒しを当たり前というようになったのだ。

ほぼ一年間、家賃を滞納すると、ひと月分はそれほどではなくても、相当な金額になる。ひと月分さえ出し渋っているのだから、十か月、十二か月分など、さっと払えるわけがない。双方で話をした結果、住人側は来月から少しずつ上乗せして払うといったのだが、いつまで経っても通帳には入金がなく、話し合いに疲れた彼女たちは、

「とにかく契約は守ってくれなくては困る」

と腹に据えかねて強行手段に出ようとしたら、夜逃げをして行方不明になった。小学生の子供が三人いるのにである。もちろんその後も家賃の支払いはなかった。仕方なく家賃の回収はあきらめ、空き室になった持ち部屋に入って、またびっくりした。どこをどう使えば、こんなに荒れ果てるのかというくらい、室内はぼろぼろになっていた。壁紙は剝《は》がれ、フローリングの床は傷だらけ。いくら子供が三人いるからといって、こんなひどい状況にはならないのではと、途方にくれてしまった。

「そのままじゃ貸せないでしょ。業者にはリフォーム代が何百万もかかるっていわれて。家賃は踏み倒されるわ、手入れにはお金がかかるわで、本当に大変だった」

たしかにこんなに面倒くさく、不愉快な思いをするのだったら、持たないほうがましというものだ。借りていて自分のものではないのだから、きれいに使おうというの

ではなく、自分のものではないので、汚れ放題にしても関係ないという人が多くなったのだろう。私も掃除のときに、

「自分の家じゃないから、まあいいか。出たときにクリーニングの業者にきれいにしてもらおう」

と考えて手抜きをしたりしてしまうので、他人のことはいえない。ただし家賃は当然ながら踏み倒さない。人が住んでいればどこかしらは汚れるもので、それは仕方がないけれど、驚くほどの汚し方をしたあげく、子連れでとんずらなんて、どう考えてもまともではない。

家賃を踏み倒して平気という人は、どうせ物件を持っている人たちは、お金があるから払わなくていいのだと、変な論理で契約を無視するのだろう。そういう人に限って、自分よりも収入のない人にお金を貸して、戻ってこないとなると、地獄の果てまで追いかけていくに違いない。子供までもうけて親になっているというのに、そういう人が多いとなると、日本人は変わったとため息をつきたくなる。

またある日、友だちから、知り合いの家の話を聞いた。その家は裕福なお宅で、大学生の娘さんが幼いときから、住み込みのお手伝いさんを置いていた。住み込みとい

ってても、お手伝いさんのプライバシーも必要だろうと、庭の一角に一階は倉庫、外階段をつけた二階に、お手伝いさん用の１ＤＫの部屋がある建物があった。倉庫の上といっても丈夫な鉄筋造りで冷暖房完備である。母屋の二階角にある娘さんの部屋からは、お手伝いさんの部屋のベランダが見える。代々、日本人のお手伝いさんがそこで暮らしていたのだが、二年ほど前から中国人の女性が働くようになった。仕事ぶりには問題がなかったのだが、娘さんは、

「どうもおかしい。何かおかしい」

と感じるようになった。具体的にはいえないが、どことなく様子がおかしいのである。深夜、物音も聞こえてくる。お手伝いさんがその時間にコンビニに買い物に行く可能性もあるが、どうも変だ。両親に訴えると、

「そんなにいうんだったら、あなたの部屋がいちばん近いんだから、ちょっとのぞいてみたら」

と気にも留めていない。お手伝いさん本人に聞いてみても、にこにこ笑って、

「ナニモシテナイデスヨ」

という。しかしやっぱりおかしい。ほとんど探偵と化した娘さんは、お手伝いさん

が母屋で掃除をしているのを確認して、彼女の部屋の鍵を持って彼女の部屋に向かって庭を走った。ノブを回すと鍵はかかっていなかった。そこで勢いよくドアを開けると、何と室内の床にはびっしりと布団が敷き詰められ、その上に十人以上の男女がだらーっと寝転がって、テレビを見ていたというのである。

「誰なの、あなたたち!」

娘さんが叫ぶと、彼らは大あわてで外階段を駆け下りて逃げていった。彼らが大声で何事かわめくと、母屋からお手伝いさんが庭に飛び出してきて、逃げる彼らの背中に向かって、中国語で叫んでいた。両親が彼女を問い詰めると、友だちが住むところがなくなったというので、ただで住まわせていたら、こうなってしまったと白状した。なかには芋づる式にくっついてきた知らない人もいたという。呑気な両親もさすがに激怒して、お手伝いさんはクビになった。

このような話を耳にして、大家、家主というものは、今は恵まれた立場ではないとわかった。住人の考え方が昔とは違うので、中途半端に持っていると損になる。所有していればそれだけ、トラブルは起こりやすい。資産や、家賃収入があるのをうらやましいと思っていたけれど、現状は大変だ。となると自分で管理できるだけの物を持って、これからもこつこつと働くしかないのだと、還暦を前にした私は、今度こそため息をついたのであった。

遺跡の発掘隊

ずいぶん前から、物を減らさなければといい続けているのに、ほとんど物は減っていないような気がする。一年前から、

「一つ買ったら三つ捨てる」

と心に決めて、何か捨てるものはないかと、目を皿のようにして物色している。たしかに洋服や靴は減っているのだが、それでも「こんなにあるのか」と我ながら呆れる。

たとえば衣類だと、肌着、靴下、パジャマはのぞいて、私が現在持っている総枚数は四十八枚で、私としてはまだ減らせるのではないかと、クローゼットを眺めているけれど、ひとまわり年下の女性の知人たちからは、

「少ないですねえ」

といわれた。彼女たちには通勤があるので、私のような居職と違って、人目に触れ

る機会も多いし、何日も同じような格好でいるのも抵抗があるだろう。私も若い頃はもっと枚数が多かったが、実際に着る枚数はそう変わっていない気がする。つまりタンスの肥やしが多いか少ないかの問題なのだ。

ヨガの思想が根本にある物を捨てる方法やら、心がときめくかどうかが基準の片付け方法とか、ベストセラーになった本もある。本来ならば不要なものは、理屈も何もいらず黙って捨てるか、新しい物は誰かに譲ればいいだけの話なのに、そこに思想や精神的なものが介入すると、日本人は興味を示す。捨てることに罪悪感があるので、その背景に思想的な裏付けがあると、何となく捨てる理由付けができて、安心するのだろう。たくさんの物を抱えて安心するように、手放すときも安心できる何かが必要なのだ。

四、五年前、日本語が話せないイタリア人の男性が、テレビで、

「日本人は生きていない物、たとえば道具や家具、服に対して、まるで生命があるような感情を持っているのが信じられない。ぞんざいに扱っても、物には感情などないのだから関係ないのに」

と話していた。しかしそれに対して、アジア系の女性が、

「それが日本人のいいところだと思う。すべての物に対して優しさがある」

と反論していた。たしかに外国に行くと、自分が乗っている自転車やバイクをがんがん蹴っ飛ばしたり、身の回りの物をあまり丁寧に扱っていない印象がある。たとえば日本人がプレゼントをもらったら、特に目の前にくれた相手がいたら、リボンをほどき、包装紙をとめてある部分のテープやシールを丁寧に剝がす。中を見たら、また包装紙に包み直してリボンも結んだりする。女性だけではなく、男性でもそうするのを何度も目撃した。

ところが外国人は、大げさに、

「ワーオ」

と大喜びするけれど、プレゼントの包装紙は一気に破る。日本人のような丁寧さは皆無である。ひどいときにはもう用がないので、破った紙もほったらかしにしている。きっと彼らは、プレゼントを見た後、日本人が包装し直すのを見て、

「なんであんな面倒なことをするんだろう」

と首をかしげるに違いない。


今の若い人たちは感覚が違うかもしれないが、昔から「もったいない」が教育とし

て植え付けられた世代は、

「整理しなくちゃ」

と思っても、

「いつか使える」

がすぐ頭に浮かんで、どうやっても捨てられない。私もこれまで整理整頓やら物の捨て方の本を何冊も読んだ。そのなかに共通して書いてあったのは、

「いつか使えるととっておいても、使える日は来ない」

という言葉だった。まだそのときは若かったから、

「そうはいったって、十年、二十年先に使う日は来るに違いない」

と信じていたのだが、その十年後、二十年後の今になってみると、見事に使う日は来なかった。おっしゃる通りでしたと、頭を下げるしかない。たとえばこれから十年先、二十年先に使うかもといったって、そのときはすでに立派な高齢者になっているので、使う機会が巡ってきたとしても、自分の体が動かなくなって、使いたくても使えなくなる可能性だってある。それで私は日々、

「一つ買ったら三つ捨てる」

を習慣にした。しかしまだ、うんざりするほど物があるので、これから所持品を今の三分の一の量に減らすのに、何年くらいかかるか想像もつかないのだ。

実家では母親の膨大な持ち物の量で、弟が困惑している。自室だけではなく、客人のためのリビングルームや、床の間のある和室にまで、彼女の所有物が山積みされていて、とんでもない状態になっているのだ。母親は北京オリンピックの年に、脳内出血で倒れ、短期の記憶障害の後遺症と、軽度の認知症になったものの、言語機能や運動機能は損なわれなかった。退院してからは、弟が金銭の管理をし、母親が一人で買い物をする機会はなくなったので、所有物は増えなくなった。ところが今年、ロンドンオリンピックの年に、今度は心臓の具合が悪くなり、二週間ほど入院して、今はリハビリ施設に入所している。オリンピックごとに体調が悪くなる体質らしい。

私は実家の鍵を渡されていないので、室内の確認ができないのだが、弟は、

「とにかくそこいらじゅうに、母親の荷物が山積みになっていて、まるで倉庫のようだ」

と嘆く。四年前に入院したときに、弟が明らかに不要なものを処分しても、それでもほとんど減らなかった。母親が退院してからも一緒に片付けようとしたものの、

「全部いる」

とかたくなにいい張るので、弟もうんざりして放っておいた。しかし処分した物に対しては何ひとつ覚えておらず、あれはどうしたなどと一切いわないのに、目の前にあるものは絶対に手放そうとしない。今回の入院を機に、とにかく倉庫状態を改善しようと、彼は物品大処分を決行したのだった。

自分の家だって物が多いのに、わざわざ実家に行って手伝う気にもならない私は、

「ふーん、大変だね」

といって、報告だけを受けている。細かい性格の弟は、いちいち連絡してきて、

「恐ろしいことに、ほとんどの物が百個単位であります！」

と驚愕《きょうがく》したメールまで来たので笑ってしまった。

四年前、男の目から見ても、どうやっても使えないだろうと思えるハンドバッグを、二十個処分したという話は弟から聞いた。クリアファイルには、ファイルのページがぱんぱんに膨らむほど紙類が詰め込んである。中身は弁当の包み紙やら、芝居や相撲を見に行ったときのチケットの半券やらチラシ類だ。あまりに詰め込まれているので、ファイルを閉じることができず、とび出す絵本みたいに開いたまま棚の上に何十冊も

置いてあった。それも四年前に処分したのだ。

　大型冷蔵庫の奥からは、すでに得体の知れない物質と化した、母親の自作調味料の小さな瓶が百個出てきた。中にはホルマリン漬けになった標本かと勘違いする代物もあった。いやな予感がして床下収納庫を開けると、そこには大きな樽《たる》が五個置いてあり、中を開けるとただの土の塊としか思えない味噌が出てきた。どれも手入れが行き届いていないものだから、乾燥しきってかっちかちに固まっている。押し入れを開ければ茶箱や収納ケースの中に、はぎれや毛糸がぎっしり詰まっていた。

「全部、そっちに送ったほうがいいか」と弟が聞いてきたけれど、毛糸と反物はこちらで再利用できるが、はぎれを有意義に使う時間はとれないので、「毛糸と反物以外は、処分してよし」と返事をした。

　ところがはぎれが出るわ出るわ。結局、はぎれだけで四十五リットルのゴミ袋、十個分、つまり四百五十リットル分ものはぎれが出てきた。住宅地では一度にたくさんのゴミは出せないので、弟は調味料の瓶百個をすべて洗浄し、五個の大樽から味噌を出してこちらも洗い、はぎれのゴミ袋十個と共に、車でそれらをゴミ焼却所まで運んで処理した。

それでもまだまだ物は部屋にあふれかえっている。リハビリ施設ではずっと寝ているわけではないので、室内着が必要になる。以前、母親が入院したときに私が購入した、スポーツウェアの上下が、三セットくらいあるはずだといったので、弟が室内を探したが、

「衣類がそこここに山積みになっているために、まだ発見できません」

と連絡がきた。しかし捜索の途中で、堆積《たいせき》した衣類の下から探していた書類が見つかり、

「発掘しました！」

と喜んでいた。まるで遺跡の発掘隊のようなのである。物品を発掘しても、そのほとんどに価値がないのが残念だ。衣類が堆積している間には、複数の編みかけのセーターや、途中まで縫ったパッチワークの巾着袋、片方だけの靴下などが挟まっている。思い立って作りはじめるものの、記憶が続かないために、また新しく作りはじめ、その結果、中途半端なものがごっそり出てくるはめになるのだ。

捨てられない老人の物品整理は本当に大変で、週末を「捨て日」にあてている弟はぐったりしている。話を聞いた私は、整理してくれる身内がいないのだから、本当に

心して身辺整理をしておかないとだめだと肝《きも》に銘じた。以前は捨てるときに、少し罪悪感もあったけれど今はない。かえってすっきりするようになった。体力がまだある今を逃したらもうできないと、私は自分で自分のお尻を叩きながら、日々、捨てるものはないかと部屋の中を見渡しているのだ。

世の中の進歩

昭和二十年代の生まれとしては、家電は壊れてから買い替えるというのが、当たり前だった。昔の家電は性能がとてもよく、なかなか壊れなかったので、子供のときに家にあった、カラーテレビも洗濯機も掃除機も、十何年も持った記憶がある。なので購入したら四、五年で買い替える感覚がないので、新機種が売り出されても、関心がなかった。

ところが数年前から、洗濯機の調子が悪くなった。洗濯時にがたがたと振動が大きくなり、防水パンの上を歩き回っているかのようだった。防水パンの縁を乗り越えて、そこいらじゅうを歩き回るようになるとまずいな、と思っていたところ、それで力を使いはたしたのか、一年ほど前からは振動は小さくなってきた。これでまた使えると考えていたのだが、知り合いの既婚者の女性に、

「洗濯機を二十年使っているんだけど」

と話したところ、

「ええっ、二十年も！」

とものすごくびっくりされたので、

「えっ、それって、変？」

とあせってしまった。

昔の家電は一度購入すると、なかなか壊れなかったけれど、今は三年から五年で買い替えるのが普通なのだという。

「そんなの、あっという間じゃないの」

「新しいものは機能も充実してるのよ。壊れるまで待つよりも、すぐに買い替えたほうがいいわよ」

壊れるまで使い続けようとすると、危険な場合があって、現に彼女の家では、長い間使い続けていたドライヤーが火を噴いたといっていた。私もパソコンを使っているから、買ったとたんに古くなるという感覚はわかる。世の中のインターネットの環境が変わっていくのだから、それも当然だと納得していた。しかし家電に対しては、十何年も耐用年数がある感覚のままだったのだ。

たしかにファクスを買い替えたときに、ずいぶん安っぽい造りになったものだと、情けなくなった。しかしその分、軽量になって扱うには楽である。そのおもちゃみたいなファクスも、問題なく作動している。そのうえしゃべるのである。ある日、高さ九十センチの本棚の前を通ったら、

「インクリボンが少なくなっています」

と声がしたので、びっくり仰天してしまった。

「わっ、えっ、何？」

きょろきょろと周囲を見渡すと、私にインクリボンの残量が少ないと教えてくれたファクスだけが本棚の上に鎮座していた。

私は家電類を購入すると、取扱説明書は読まず、いつも、

「こんなもんか」

と勘で操作している。なので細かい機能については、問題が起こってから調べるので、送受信をしていない状態のファクスがしゃべるなんて知らなかったのだ。説明書にはちゃんと、しゃべって知らせると書いてあった。たしかに感熱式だとお知らせする必要はないが、インクリボンを使う場合は、お知らせする必要があるだろう。ディ

スプレイが点滅し続けるとか、自動的に紙に「インクリボン交換希望」とプリントアウトされて出てくるのだったら、びっくりしないけれど、突然、話しかけられたので、その驚きといったらなかったのだ。インクリボンが残り少なくなったときに、ファクスの前を何者かが通ったのを感知したら、教えてくれるなんて、何てすごいしくみなのだろう。

(ネコが通っても教えるのだろうか。住人だけを感知して、泥棒が入ったときに、『お前はだれだ！　インクリボンがねえんだよ』くらいのことをいってくれると、ありがたい)

などと思いながら、実はまだずいぶん残量がありそうに見えたインクリボンのカセットを、いわれた通りに交換したのだった。

このように家電は進化していると感じた経験は、私にもあった。それでも「壊れるまでは」が頭にあって、買い替えられなかった。

「壊れるって、動かなくなることじゃないの。防水パンの上を歩き回るなんて、すでに壊れてるわよ。火を噴いたらどうするの」

私は洗面所の横で火柱が上がる光景を想像し、ぎりぎりの状態ではありながら、まだ動いているものを見限るのは断腸の思いではあったが、知人の強い勧めに従って、買い替えを決意したのである。

「絶対に乾燥機付きが便利だから、そうしたらいいわよ」

最新の機種は、節電、節水などの面でもすぐれているので、とにかく新しいものに限ると力説する。私が、

「あまり最先端技術を駆使した機種より、大型の二槽式に戻そうと思うんだけど」

といったら、

「大型だときっと防水パンに入らないよ」

という。なぜ乾燥機付きがいいかというと、彼女が自分が着ているシャツをつまんで、

「これも乾燥が終わった洗濯機から出して、そのまま着てるのよ。アイロンなんかかけてないの」

というではないか。私はただ、

「へええ。ほおお」

とうなずくだけである。私は洋服であっても何であっても、売り場であれこれ迷う

のは大嫌いなので、事前に乾燥機付きの洗濯機の情報を収集し、容量と大きさを考慮して、機種を決定した。

家電量販店の実店舗に行くのは、久しぶりだった。何十年も家電フロアには足を踏み入れた覚えがなく、大量の様々な家電に驚きながら、一直線に洗濯機売り場に行き、

「これ下さい」

と店員さんにメモを差し出した。彼は展示してあった一台の洗濯機の前に私を連れていき、色違いはあるけれども、指定の色は人気があるので、納品は十日後だという。私はそれで承諾して家に帰ってきた。今、使っている洗濯機の約二倍の容量があり、

「一人暮らしの私は、いったい、どれだけ洗濯できるのだろうか」

と見当もつかなかった。

そして二十年間、働いてくれた洗濯機とさよならして、新しいのが家にやってきた。これはおもちゃみたいだったファクスと違い、重厚感がある。早速、洗濯物を入れて洗ってみた。ところがあまりに音が聞こえてこないので、

「本当に洗ってるのか」

と不安になって、仕事の手を止めて、何度も洗面所に確認しに行った。小さい音な

がら、ちゃんとお仕事をしているのがわかった。以前、使っていた洗濯機は、部屋中に響き渡るほど、

「ぐおおおー、がー」

と音が大きく、それと同時に防水パンの上を歩き回る音もうるさいので、聞いているラジオの音量を大きくしなければならないほどだった。しかし今度の機種は外見は大きいのに、音はとても小さい。恥ずかしがり屋の相撲取りのようであった。

他にも買い替えてよかった点がたくさんあった。洗い上がった洗濯物がねじれて団子にならない。前の洗濯機は濡れた洗濯物が、でっかい団子状態になっているのをほぐすのが大変で、何度も突き指しそうになったり、指の皮が剝《む》けたりした。今はねじれていないので、洗濯物がふんわりしている。ということはシワになる確率が低いのだ。知人のいうことに間違いはなかったと満足して、毛布などを洗って喜んでいるが、まだ胸がどきどきするので乾燥機は使っていない。梅雨時になったら試してみる。

これでちょっと文化的な生活ができるようになったと喜びつつ、毎日、楽しみに見ているブログにアクセスしてみたら、本文とは関係ない広告の部分に、見覚えのある商品が登場してくる。あれっと首をかしげながら眺めていたら、私がインターネット

で調べた洗濯機の画像が、次から次へとそこに流れてきて、そのひとつひとつが突然、わっと大きくなって、

「これ、あんた、見たけど買わなかったでしょ。どう、これ、ほーら、欲しいんじゃなかったの」

といっているかのように、アピールするのだ。

「何だ、これは」

自分のプライバシーをすべて知られているようで、ちょっと不愉快になった。私が見ているブログなどの広告は、広告主お仕着せの、ダイエット食品や下着などの広告が多かった。サイトの雰囲気とは合わない場合もあったけれど、それについては私があれこれ文句をいう立場ではない。しかしその広告が動画になり、それも、

「ほーら、買ったら。興味があったから、これを見たんでしょ。見てるうちに、きっと欲しくなるから」

と飛び出してくる。エロ系を検索した男性だったら、同じブログの広告スペースから、延々と「エロ」が飛び出してくるのであろう。

自分の検索した履歴が、自分のパソコンに残されるのは当然だが、それを業者側の

広告に使われるなんて、どうも納得がいかない。私の感覚からすると、人の褌《ふんどし》で相撲を取る、汚い商売である。なのでここのところ好きなサイトを見るたびに、選考から漏《も》れたたくさんの洗濯機が、恨みがましくかわりばんこに、大きくなったり小さくなったりして現れる。

「うるさいなあ！　もう洗濯機は買ったんだよ！」

家電やらインターネットの広告やら、世の中の進歩は著しいのは十分にわかった。確かに便利で快適に使えるものはあるけれど、買え買え攻撃の流れに巻き込まれてはいかんと心したのである。

露出系の女子学生

私のいくつかの散歩ルート沿いには、PとQという大学がある。Pは住宅地のなかにあり、Qのほうは幹線道路に面していて、こちらは規模が大きい。ふだんは散歩をしていても、日中、すれ違うのは幼児を連れた母親や高齢者ばかりなのだが、高齢者の数のほうがずっと多い。

「ああ、年齢的には私もこのなかにまじりつつあるのだなあ」

と思いつつ歩いている。

ふだんは幼児と高齢者が多いけれど、学生たちの登下校時間帯にぶつかると、周辺は若者でいっぱいになる。最初はそれと気づかず、

「今日はずいぶん若い子が多いなあ。近くでイベントでもあるのか」

ときょろきょろしていたが、テキストを抱えている女の子の姿を見て、ああ、そうだ、大学があったのだと気がついた。

P大学は歩いている学生を見ると、女子の比率がとても少ないようだ。特別目立った服装の子もおらず、どちらかというと地味だ。一方、Q大学のほうは女子の数も多く、Pよりは華やかな雰囲気だ。Qにはぶっとんだファッションの男子がいた。髪の毛が緑と赤のストライプで、垂らした前髪で顔がほとんど見えない。トップスは彼らから見たら、お洒落で目を引くのだろうが、私から見ると不可思議な面倒くさい柄としか思えない、黒地に銀色の模様のTシャツ。そしてボトムスはパンツではなくロングスカートだった。たしかデザインや美術系の学部はなかったはずなので、その姿で文系か理系の授業を受けているのだろう。彼はうつむきながら、一人で駅に向かって大股で歩いていた。他には黒のスーツに襟を立てた白シャツ姿の、ホストみたいな茶髪の男子もいて、何やらはしゃぎながら、前を歩く二人組のごく普通の男子に話しかけていた。

「未だにこういうスタイルも生きているのだ」

と妙に感心したりした。

たまにこのようなファッションの男子学生を見かけたが、問題は女子である。P大学は男子も地味だが女子も地味めである。ボーダーのTシャツにクロップドパンツだったり、ワンピースにカーディガンを羽織っていたりと、おばちゃんが見ても、ぎょっとするファッションの子はいない。靴のヒールもそれほど高くなく、いわゆる私がイメージする、大学生らしいファッションだ。ところがQ大学のほうは、Pと比べて女子の比率が高いせいか、様々なファッションの女子がいた。私はこの大学のイメージとして、偏差値も高いほうだし、地味で堅実な印象しかなかったので、ちょっと意外だったのだが、散歩中に出くわす大学の女子たちを見て、そのたびに、

「えっ、それってありなの。その格好で学校に行ってるの」

と驚いている。

最近、私だけではなく、駅前を歩く人々の注目を浴びていたのは、黒い網タイツのお嬢さんだった。最近は網タイツを穿いている子は多いので、見ても何とも思わないが、彼女の穿いていたタイツの柄がとても大きいのである。一つが一センチ角ほどの網の上に、十センチくらいの蝶結びになったリボンが、いくつも飛んでいる。黒い網タイツはただでさえ目を引くものなのに、それが編み目も大きく、夜のレビューに出てくる女性用のようなのだ。

「あれは、何だ」

とつい目を奪われていると、そう感じたのは私だけではなかったようで、後ろから歩いてきた高齢の女性の二人連れが、

「まあ、あれは何？　ずいぶん大胆な柄だわねえ」

と小声で話していた。彼女とすれちがった男性の高齢者も、振り返って見ていた。別に、

「いひひひ、ねえちゃん、何だか色っぽい脚してるね」

などというスケベな感じではなく、まじめにびっくりしている表情だった。

大胆な柄の黒い網タイツを穿いていた女子は、私と身長がほとんど変わらなかったので、百五十センチ台の前半で、トップスは緑色のコットンのテーラードジャケットで、ボトムスは濃いベージュの膝上二十センチくらいのタイトな綿のミニスカート。靴はベージュのリボンがついたバレエシューズだった。リボン好きな女子だったのかもしれない。しかし柄はリボンだが、黒い網タイツはエロの雰囲気が濃厚だった。ファッションに詳しくない高齢者でも、

「ちょっと組み合わせが変じゃないか」

と感じ取ったのだろう。女子の体内の燃える感情や自己アピールを何らかの形で表

現したかったのだが、服はそう簡単には買い足せないので、ふだんのストッキングではない、黒い大胆な網タイツを穿いて、気分を発散させようとしたのかもしれない。それが気の毒にも失敗していた。

「黒い網タイツが穿きたかったら、普通の細かい編み目のにすればよかったのにねえ」

おせっかいなおばちゃんは、黒の網タイツの柄ばかりが目立つ、小柄な女子を見ながらつぶやいた。

彼女は一人で歩いていたが、たいがいの女子は二、三人連れで歩いている。そして彼らの服装はみな似ている。たとえばリネンの重ね着女子と、ひらひら露出系の女子は絶対に一緒に歩いていないと断言できる。Q大学でもリネンの重ね着女子は何人か見かけたが、ごく少数だった。着ていても楽だし、着心地もいいのにどうして着ている人が少ないのかと考えてみたのだが、どうやらリネンはどんなに安くても、千円単位では買えないので、懐具合が影響しているのではないかという結論に達した。おまけにリネンという素材は、女度をアピールするにはいまひとつ向かない。売値も安い合成繊維のひらひらしていて、襟ぐりが開いているトップスや、パンツが見えそうな丈の短いスカートは、「女」を見せつけるには最適の衣類なのだ。

私の娘くらいの年齢ではあるが、女子が集団でやってくると、迫力があって一瞬、うっとたじろいでしまう。ひらひら露出系女子は十センチほどのプラットフォームソールのサンダルや、ハイヒールを履いている子がほとんどなので、身長がぐんと底上げになり、三、四人が横になって歩いていると、まるで百七十センチ以上の壁が向かってきたような感じになるのだ。

ショートカットはほとんどおらず、巻き髪と、ナチュラルではない、しっかりとしたつけまは定番である。トップスはちょっとかがむと胸が見えそうだし、スカートは風がちょっとでも吹いたら、尻や股間があぶない。あっちこっちがやたらとあぶないのである。そういう姿を見て、私が思い出すのは、一昔前のミニクラブのヘルプさんである。盛り髪といいつけまといい、そんなファッションの出所は、雑誌の「小悪魔ａｇｅｈａ」に登場するキャバ嬢に影響されているような気がするので、そういった夜の接客業の雰囲気が醸し出されるのは当然であろう。つまり女子学生という清楚《せいそ》でまじめなイメージとは違って、今の若い娘さんたちは、接客業ファッションで通学している子が多いのである。もちろんおばちゃんが好ましく感じる、それとは違うファッションの女子もいるが、露出系女子の陰では、本当に目立たない。明らかに彼女たちに喰われちゃっているのだ。

とにかくこってりした彼女たちは、流行に乗り遅れず、値段が安い服を買い、化粧もこってり、おまけにハイヒールで、身長詐称もこってりという有様だ。私も大学生の頃、短足をロンドンブーツで補おうと、浅はかな行動を起こした覚えがあるが、両膝ががっくがっくしてしまって三歩も歩けなかった。あの高いヒールの靴を履いて、きゃあきゃあとはしゃぎながら歩けるなんて、神業としか思えない。ついこの間も、向こうから女子が二人連れだって歩いてきて、その片方が上半身裸で歩いているように見えて、ぎょっとしてしまった。彼女はとても体格がよく、トップスは肌とほとんど同じ色の、ベージュのぴったりとしたキャミソール。ボトムスは白いショートパンツで十センチヒールのサンダルに生脚《なまあし》だった。白パン一丁で歩いてきたのかと、本当にびっくりした。

Q大学周辺では、腕を組み体を密着させて、登校するカップルを何組も見かける。ところが彼女の露出系ファッションに、彼のファッションがついていけてない。姉のキャバ嬢の同伴出勤に、無理矢理付き合わされた弟といった体《てい》なのである。ヒールのせいで彼女のほうが身長が高くなり、妙に堂々としているから腕力も強そうで、腕を組んでいるというよりも、拉致《らち》されているに近い感じだし、女子の迫力に男子が圧《お》されて、見るからに彼女にすべてを喰われちゃった感が漂っていた。

そんな露出系の服を好んだ彼女たちも、就職氷河期のなかでは、就活のときには接客業ファッションを封印して、学生時代には着ることもなかった、黒いスーツに白いブラウス姿で、会社の面接を受けまくる。就職が決まっても、昼の仕事だったら、あの盛り髪や巻き髪、つけまも封印するに違いない。となるとエロの雰囲気漂う黒い網タイツも、露出の多いファッションも、学生時代のみということになるのだろうか。しかしそれらを選んだ彼女たちの精神構造は急には変わらないだろう。まじめな格好で通勤していても、実は黒い網タイツも露出の多いファッションもＯＫ。そちらほうが男性受けするかもしれないが、おばちゃんはこれからの世の中は、このような女性たちにいろいろな意味で喰われまくられることだろうと、うなずいたのである。

消えた生ゴミ

知り合いの五十歳を目前にしたZさんが、転居先を探していたところ、友人宅の前に建っている家が売りに出されたという情報を聞いて、そこに引っ越した。前に住んでいた家は住宅地のなかにあったが、新しい住まいはターミナル駅にずっと近くなった。近所の人も会えば挨拶をしてくれるし、特別、問題はなかったのだが、最近、

「ちょっと変だな」

と気がついた。Zさんが変だと思ったのはゴミである。今の時季、生ゴミは腐りやすく、水分を吸い取らせるために、新聞紙でくるんだりしてゴミに出す。前の家ではカラスがゴミ袋を突っつきに来るので、カラスネットでくるむようにして出していた。ところが新しい家に引っ越してきたら、近所でカラスネットを使っている家がない。ゴミの収集日に塀の上で、かあかあとうるさく鳴くカラスもいないのである。

どうしてなのかと、そっと隣近所のゴミを半透明の袋の外から観察してみると、自

分の家のような生ゴミがほとんどないのに気がついた。どの家も紙、プラスチックケースといった、かさかさの乾きゴミばかりで、野菜くずなどのにおいを発するような生ゴミは皆無なのであった。その分、分別ゴミの日には、ビンや缶が大量に出されている。

「うちの周りのお宅って、乾いたゴミばかりなの。不思議だわ」

裏手に住んでいる五十代半ばの友だちに話すと、

「あら、うちも生ゴミなんて出ないわよ」

といわれ、Zさんは、

「えっ、どうして？」

とびっくりした。

「どうしてだかわかります？」

話の途中で彼女は私に聞いてきた。生ゴミが出ないのは、皮を剝いたりといった下ごしらえをしないのだろうから、

「冷凍食品を買ってるんじゃない？」

というと、彼女は首を横に振った。

た。

「料理をしてないの」

「えっ、料理をしていない？」

　一人暮らしでもあるまいし、はなから料理をしていないなど、考えてもいなかったので、そう答えてしまったのだが、Zさんの友だちの話は驚きだった。

　生ゴミなんて出ないといった友だちの家は、子供が独立して夫と二人暮らしになった

「今はね、少人数だとへたに食材を買って料理をしたほうが高くつくの。ここはデパートにも近いし、それも四店舗あるっていうのは、本当に助かるのよ。ご近所の人たちもみんなそういってる。別にご老人の夫婦だけじゃなくて、子供がいる家でもデパートでお総菜を買っているわよ。夕方五時すぎると、お総菜と生鮮食料品のほとんどが半額になるデパートもあるし。昼間は定価で売っているパンも、その日の売れ残りをあれこれ詰めて、五百円で売ってたりするんだもの」

　家族の食事は自分で作るものだと思って、フルタイムで働きながら、早朝の子供のお弁当作りから、すべてを手作りしてきたZさんにとっては衝撃の言葉だった。彼女に向かって、友だちは言葉を続けた。

「だって、あなた、考えてごらんなさい。料理を作るとなったら、あれこれ食材を買って、調味料も買って、なかには重いものもあるじゃない。それを腕を痛くしながら家に戻って、野菜を洗って、調理器具を出して、下ごしらえをして、作るのだって、五分、十分じゃできないでしょ。それで食べた後は、またお皿や鍋を洗わなくちゃならないし。それで食費が高くついたら作っているのがばかみたい」

私はただただびっくりして、Zさんの話を聞いていた。

友だちは夕方になると半額になったお総菜を数種類買って、買い置きのパック入りのご飯と共に電子レンジでチンしまくり、皿を洗う手間をかけたくないから容器のままテーブルに並べ、夫婦で食事をする。皿に移すことすらしないのだ。お総菜を買う利点は、たくさんの種類があることで、和洋中からエスニック、おつまみ、漬け物、デザートまで、様々な種類のものが食べられる。家で多種多様な料理を作るのは面倒だし無理なので、買ったほうが料理が偏らず、体にいいんじゃないかという話なのだった。そしてご近所の人々も、

「デパートが近くにあって楽だわねえ」

といい、夕方になると半額のお総菜目当てに、デパ地下に行くので、頻繁に顔を合

わせるという。子供が二人いる専業主婦でも、百歩譲って、時間がとれない働いている主婦ならまだしも、専業主婦も料理を作るのが面倒なので、半額になったお総菜を毎日、買い求めている。顔を合わさない日は、ファミレスなどで外食しているらしい。日々のことなので、料理を作りたくない日があるのは当然だ。そんなときにお総菜を利用するのはいいだろう。しかし毎日というのは、ちょっとまずいのではないか。Zさんと私の感覚では、明らかにその区域の住民の食卓はものすごいことになっていた。

「そういえばこんなことがあったのよ」

Zさんが前の家に住んでいたときの向かいの家の息子さんが、留学するからと挨拶に来た。昼ご飯を作って一緒に食べていたとき、

「お母さんの料理で何がいちばん好きなの」

と聞いたら、彼はうーんと考えたあげく、

「特にない」

といった。

「ないって……。ハンバーグとか、餃子とか、何かないの」

と聞いても、首をかしげていた。

「すでに母の料理などという存在は、ないに等しいんです！」

Zさんは思い出して、ちょっと憤慨していた。

彼女が煮物や揚げ物を作って、友だちの家や、隣近所に持っていくと、後で必ず、

「あれ、おいしかったわ。どこで買ったの」

といわれる。

「どうやって作るの？」

と聞かれた覚えは一度もない。

「だいたい、どこで買ったの？　が御礼の言葉と一緒になっているなんて、どれだけ感覚が違ってきたかっていうことでしょう。昔は手作りのものをいただいて、そんなふうにいったりしたら、失礼の極みだったのに」

おいしい料理を作るより、おいしいお総菜を買うテクニックのほうが、よしとされている。豆鰺《まめあじ》の南蛮漬けをあげたら、同じようにどこで買ったのかと聞かれ、作ったといったらば、

「へえ、これって家で作れるの」

と感心された。

「家で作れるたあ、何事だ。総菜なんだから、ほとんどのものは家で作れるんだよ」

Zさんと私は示し合わせたかのように、同時に同じ言葉を吐き、

「こんなことでいいのだろうか」

と日本の食文化を憂《うれ》えた。

私もお総菜を買った経験はある。しかし何回か買ったら味に飽きてしまった。だいたい間違いなくどれも味が濃いし、パックの後ろには原材料名が書いてあるけれど、「これだけの食材しか入っていないのに、どうしてわけのわからないカタカナが、何行にもわたって、ずらずらと書いてあるのか」

と考えたら恐ろしくなったからだ。

「繊細だといわれていた日本人の味覚も、もうめちゃくちゃになっちゃうのよね。それぞれの家庭の味なんて、崩壊しちゃってるわ」

私の何百倍も料理好きなZさんは、肩を落とした。つい最近もラジオのニュースで、好きな料理のジャンルというアンケートで、「ファストフード、ファミリーレストランの料理」と答えた人の割合が、前回より増えて四十パーセント近くに上ったというのを聞いたばかりだった。

私は料理は苦手だし好きでもない。正直、面倒だと思うけれど、自分で三食、作り続けている。といっても豪勢なものではなく、私が実家で食べていた料理を作っているだけだ。常備菜を作っておくとよいといわれるけれど、料理の腕に自信がないのと、二、三日であっても変質したらいけないので、そのつど食べる分だけ作り、なるべく冷蔵庫で保存するものは少なくしている。

私の手持ちの食器の類はとても少ないが、季節や料理の色合いに合わせて使っている。しかしパック入りのご飯や出来合いのお総菜を、そのまま食卓の上に並べてそれでよしとなったら、一枚の皿、自分の箸すらいらなくなる。これで様々な形態の食器を選んだり手にしたり、見たりする感性も消滅する。人々の考え方が、その場限りのことだけになっているような気がする。料理を作るとか、食器を選ぶ行為だけではなく、その先にあるものについて考えが及ばなくなっているのだろう。

なかには専業主婦の母親が、毎日、宅配のピザや鮨、ファストフードばかりを買って食べさせている家もある。小学校三年生の息子が、そんなのはいやだと文句をいうと、母親は食べたいものを買ってこいとお金を渡す。夫が単身赴任で不在なのをいいことに、家事をすべて手抜きしているのだ。息子はなるべく体にいいものをと勉強し、

野菜のお総菜を買ってきて食べ、

「ママみたいな食事をしていたら、絶対に体を悪くする。僕は四年生になったら、自分の食べるものは自分で作る」

といっているそうだ。立派な御子である。現状はすさまじいものがあるが、それを反面教師とした、彼のような子供が出てくる可能性もある。Zさんと私は、ごく少数かもしれないが、そういったまっとうな子供たちに期待しようと、意見が一致したのである。

車内のお行儀

私が電車に乗るのは、ほとんど平日の日中なので、学校に通っている年齢の子供たちと遭遇することはない。毎年、車内に子供が増えたのを見て、夏休みになったと気づく。子供たちだけで移動しているわけではなく保護者も一緒で、それを見ていると彼らの家庭での姿が垣間見《かいまみ》えてしまうのだ。

とにかく子供に車内で飲食させている親が多い。座席に座るやいなや、ペットボトルの水やジュースを持たせ、お菓子を食べさせる。私が使っている路線は、東京のはずれのほうまで走っているけれど、コンパートメントタイプでもない、ごく普通の通勤電車である。他の乗客も乗っているというのに、そのなかで乗車してすぐに飲食するのはどういうわけなのかと、私は両親と子供を眺めていた。

今の子供たちは辛抱が足りず、おとなしく椅子に座っていられないと聞くから、少しでも間を持たせるために、口に物を入れるという手段に出たのだろうか。子供はだいたい、お菓子を食べていれば機嫌がいいから、子供にぐずられないようにしているのだろうか。そうはいっても子供たちは小学生で、わけのわからない幼児ではない。ちゃんといい聞かせれば、親のいうことを聞く年齢だと思うが、子供たちはずーっとお菓子とジュースを手から放そうとしなかった。明らかに外出と電車内での飲食がセットになっているのだ。

三日後、電車に乗ったら、すいている車内の座席に、四十代の両親と子供が長椅子を占領していた。父親と母親は間隔を空けて座り、その間に五、六歳の女の子が、下半身は座席に腰を掛け、上半身をねじって、隣の座席の上にうつぶせになっている。妙な座り方をしているなとよく見たら、その子は座席の上に弁当箱をのせて、妙な手つきで箸を持ち、イカめしを食べていたのであった。

ふつうは手に持つか、膝の上にのせるかするだろうに、座席の上に直接イカめしが入った弁当箱を置くなんて、いったいどういうことなのかと両親を見ても、それを当たり前のように見ている。箸は使っているものの、イカめしは箸でちぎるというよりも、口でちぎるほうが楽な食べ物であるから、体勢としてはほとんどイヌである。イヌでも腹ばいになってご飯を食べていたら、

「モモちゃん、そんなお行儀の悪いことをしたらいけませんよ」

と飼い主から叱られるはずなのだ。食べたイカがちゃんと彼女の食道を通って胃の中に入るのか心配になった。

百歩譲って弁当箱を膝の上にのせて食べるのが難しいのなら、親が弁当箱を持って、子供が座ったまま食べられるようにすればいいのに、その子の両親は、不自然に身をよじった娘が、イヌのようにイカめしを食うほうを選んだのである。周囲の人もちょっとびっくりしていたが、そんな視線にも気づいているのかいないのか、タンクトップに短パン、ビーサン姿の両親は、ほとんど腹ばいになってイカめしを食べている娘を間に、まるで家でくつろいでいるかのように、両手をあげながら大あくびをしたり、テレビで紹介していたラーメン店や焼き肉店の話をしていた。

「これは、いかんだろう」

私は呆れてしまった。子供の頃、世界の不思議話を集めた本のなかに、オオカミに育てられた、アマラとカマラという子供の話があって、救出されたものの習性がしみついていて、姿は人間であっても、その振る舞いはオオカミそのものだったと書いてあった。その話を仰天しながら読んだのを覚えている。後年、オオカミに育てられたのは嘘だったと検証結果が出たらしいが、その話を思い出したりした。その親子の前には、おばあさんらしき女性に連れられた、イカめし娘と同い年くらいの男の子が座っていた。彼はお菓子もジュースも手にせずに、おとなしく座席に座っていたが、目の前の光景にびっくりしたのか、目をまん丸くしていた。おばあさんは露骨に嫌な顔をしていて、明らかに顔には「呆れた」と書いてあった。きっと降りた後に、

「あんなことは絶対にしちゃだめよ」

と孫にいったに違いない。子供の教育はそれぞれの家庭の自由である。娘にそういう姿をさせても、両親が恥ずかしいと思わなければ、それでいいのである。

その一週間後、また日中、電車に乗ると、小学校低学年の男の子二人を連れた母親と、女友だちが乗ってきて、私が立っているのと反対側のドアのほうに立った。母親は身長が百七十センチ以上あってスタイルもよく、化粧もきちんとしてお洒落な格好をしているのだが、

「私って素敵でしょ」

という意識が鼻の先にぶらさがっているようなタイプだった。彼女のような四十代前半の女性には、そういう雰囲気の人が多いので、ふーんと思いながら見ていると、

しばらくして体調が悪くなったのか、彼女が吐いてしまった。車内はすいていたので、それに気づいた人はほとんどいなかった。お母さんだっていつも元気なわけではなく、体調が悪い日だってある。子供と出かける約束をして、それを破るわけにもいかないので、無理をして出かけたのかもしれない。出先で急に体調が悪くなるのは、誰にでもあることだし、気の毒だったともいえる。しかし問題はその後なのだ。

私は、彼女は肩からかけているショルダーバッグの中から、ティッシュペーパー等を取り出して、汚れた床の上に置いて隠すとか、何かリアクションをとるものだと予想していたのだが、彼女は何もしない。つーんとすまして、やや右上に視線を向け、

「私には関係ないわ」

という態度なのである。それを見た女友だちが、

「大丈夫？」

と声をかけて、彼女がうなずいたとたん、二回目の逆流が襲った。

「あたたたた」

私はどうなるのかと見ていた。女友だちは、

「ティッシュとか、タオルか何か持ってないの？」

と聞いていたが、彼女は、

「持ってない」

と首を横に振った。男の子を二人連れて外出するのに、ティッシュもタオルも持っていない母親なんているのだろうか。目の前の状況に女友だちのほうがあせっていて、自分のバッグの中を探っている間も、当の彼女は、さっきと同じようにつーんとすましている。明らかに自分が原因であると、周囲にも知られたくないし、自分も認めたくないという態度を崩していなかった。

女友だちがバッグの中を探りまくって、やっとティッシュを見つけ、取り出して渡すと、彼女はそれで口の周りを拭き、自分のバッグの中に入れてしまった。それを見た女友だちは、一瞬、

「えっ？」

という顔をしていたが、それ以上は何もいわず、足もとの床は汚れているけれど、だれも何もしていないことになってしまったのだった。

息子二人は母親がやってしまった状況を目にして、言葉もなくただその場に固まっ

ていた。そして私が降りる次の駅に到着すると、背後から、

「さあ、降りるのよ、降りるの」

という声が聞こえてきた。

「え……。どうして？　おかあさん」

戸惑う息子たちの手をぐいぐい引っ張って、彼女は降りてしまった。女友だちもいわれるがまま、ホームに降りた。

（きっとこの駅で降りる予定じゃなかったに違いない）

改札口に向かって歩きながら後ろを振り返ると、彼女たちはホームに留まっていた。床の汚物を放置したままの電車は走っていった。

「親として、あれは許されるのか？」

ああいう人がいるんだなあと、私は妙に感心してしまった。車内を汚してしまったときに、知らんぷりをして、すましてずっと右上を見たままの彼女の顔が忘れられない。自分一人だったのならまだしも、子供を連れていてなのだから、あれはまずいだろう。ああいうタイプの女性は、完璧な女性、母親であるように周囲に見せたがるのだろうから、周囲から突っ込まれるような自分のマイナスになる事柄に対しては、話

もしなければ関わりたがらない。しかし体調の変化だけは自分の力ではどうにもならない。そのどうにもならない現象で、自分のマイナスになる場合、無視をすると決めたのであろう。だれだって欠点はあるけれど、きっと彼女はこれからも、自分に都合の悪い事柄が起こったら、無視したり嘘をついて、なかったことにするのだろうなあと思ったのだった。

電車の車内には、当たり前だがいろいろな人が乗っている。若い人とも考え方の差があるので、理解を示さなくてはいけない部分もあるのかもしれないが、まあ、何だかねえといいたくなることばかりである。ついこの間も、ドアが開いて電車に乗ったら、目の前の座席に座っていた二十歳そこその若い女性が、裸足になって足を前に突き出し、両手を伸ばしてしきりに足の指をいじっている。いったい何をやっているのかと見ていたら、バッグの中から絆創膏《ばんそうこう》を取り出して、親指以外の左右それぞれ四本の指に巻き付けていた絆創膏と取り替えはじめた。ヒールの高いオープントウのサンダルを履いていたので、それをやっておく必要があったらしい。

最近は明らかに前頭葉が変化している人が多い。そして残念ながら下の世代に受け継がれ、増殖している。

「夏場の電車は強烈すぎる」

私は大声で叫びたくなった。

猛暑のしのぎ方

今年の猛暑続きだった夏のせいで、八歳は老けたような気がする。昨年は震災等があったり、まだ余震も続いていたので、ぼーっとしている私でも多少は緊張感があったのか、暑さに関しては、ほとんど覚えていない。緊張感ではなく老化現象で、記憶が消えているのかも知れないが。

とにかく今年は毎日、暑くて暑くて仕方がなかった。暑いだけならまだしも、湿気が多いのには閉口した。私の住んでいる部屋は風通しがよく、二、三年ほど前までは窓や戸を開ければクーラーなしでもしのげたのだが、さすがに部屋の中に入ってくるのが、熱風となるときつかった。

まず私よりも飼いネコのほうが辛くなったようで、朝起きて窓や戸を開け放ったとたん、

「ぎえー、ぎえええー」

と小声で鳴きながら顔をしかめる。汗をかけないイヌよりは、夏に強いはずのネコであっても、彼らは毛皮をまとっているので、人間よりもはるかに暑いのだろう。なので私は、自分よりもネコの体調を考慮して、

「クーラー入れようか」

と声をかけたら、さっきまで顔中で「不快」を表現していたのに、

「えっ」

とちょっとうれしそうな表情に変わった。ベッドルームの室温二十八度、微風に設定して窓を少し開けても、室内に漂う風がとても涼しい。そのとたんネコは、

「う〜ん」

とほっとしたような、ため息のような声を発した後、ごろごろと喉を鳴らして喜び、そのうち私のベッドの上で寝てしまった。

ひとまずネコについては決着がついたが、問題は私である。リビングルームにもクーラーがついているので、それを使えば涼しくはなるのだが、そうすると体が冷えすぎて、体調を崩すのがわかっているので封印している。その場しのぎで使っていると、後に必ずつけがまわってくるので、目の前にあってもないことにしているのだ。

なのでベッドルームに入ると涼しいけれど、他の部屋は暑い。外気と一緒にクーラーの冷気がリビングルームに入ってくると、

「はあ」

と天国である。猛暑に我慢をしすぎると、本当に天国に行く可能性があるので、毎日、温度計のチェックを欠かさなかった。

一度、「暑い」と思うとそれが頭の中から消え去らず、ずーっと、「暑い」が頭の中をかけめぐる。どうしてこんなに暑いんだ、なぜだと問うてみる。理由が知りたい。理由については、今朝の天気予報で気象予報士が、高気圧が居座っていて、どうのこうのといっていたが、詳細はあまりの暑さで忘れている。それが正しい理由であっても、

「ああ、そうですか」

と納得して引き下がれる人はいない。「どうして」「なんでこんなに暑いんだ」と文句をいいたくなって当然の猛暑続きだった。

そんなうんざりする日々のなかで、気を紛らわせてくれたのが、ロンドン・オリンピックである。今年ほどオリンピックがあってよかったと思った年はなかった。最初

はそれほど興味がなく、開会式もニュース映像しか見なかったが、ウエイトリフティングの四十八キロ級で三宅宏美選手が、銀メダルを獲得してくれて、テンションが上がった。といっても時差の関係で、ほとんどの競技が行われるのは私が寝ている時間帯である。またこちらもふだんの生活サイクルを崩すと、絶対にあとでつけがまわってくるので、起きている時間に放送される競技は見て、夜十二時以降に放送される競技は録画して次の日に見ることにした。夜はベッドに入って、

「明日、どういう結果になってるのかな。ふふっ」

と楽しみにしていた。それで寝るときの暑さも少し忘れられた。

猛暑であっても、寝るときにはクーラーをつけない。洗面所の網戸が入った小さなはめ殺しの窓と、リビングルームの通気孔は全開にして、いちおう風は通しているけれど、翌朝、目覚めると汗がじわっと出てくる。窓を開けても入ってくるのはすでに熱風である。オリンピックがはじまる前は、またこの暑さかとがっかりしたものだが、オリンピックの結果が気になる私は、いそいそと結果をチェックする。そして一喜一憂しているその間は、手ぬぐいで汗を拭きつつ、暑さに対する鬱陶しさを忘れているのだった。

しばらくしてインターネットであれこれオリンピックについて検索していたら、自分と身長・体重が同じ選手がわかる、ＢＢＣの特設サイトを知った。検索をした日本人男子が、「出てくるのが女ばっかりで、おれの体格は外国では女並みなのか」と嘆いたりしていて、

「たしかにそうかもしれない」

と筋肉がぶ厚い海外の女子選手の体格を思い出しては納得した。

サイトにはオリンピックに参加した選手の身長体重の分布図が表示してあって、今回の参加選手で最大だったのは、中国の男子バスケットボールの選手で、身長二・一九メートル、体重百十キロ。最小は日本の体操女子で参加した寺本明日香選手で、身長一・三六メートル、体重三十キロ。世界中の優秀なアスリートが集まるなかで、自分とぴったり身長、体重も一致という人はいるのかと首をかしげながら検索ボタンを押すと、何と二人いた。一人は三宅選手と同じ、ウエイトリフティング四十八キロ級、九位のドミニカ共和国のベアトリス・ピロン選手。そしてもう一人は、柔道女子四十八キロ級で福見友子と準々決勝で対戦した、アルゼンチンのパウラ・パレート選手だった。優雅、優美さを競う競技ではなく、二人ともパワー系だったところに、より親

近感が湧いた。

オリンピックの間は、日本人選手がメダルにからんでいるのならもちろん、日本人が出ているだけでその競技が気になる。フェンシング男子フルーレ団体の準決勝のドイツ戦や、なでしこジャパンの試合は、録画で見てもどきどきしたし、バレーボールの中国との準決勝フルセットマッチや、韓国との三位決定戦も、テレビの前で思わず「うわっ」「ああっ」「よしっ」と声が出てしまった。

「あー、本当に心臓に悪い……」

そう思いながらもその間は、暑さをころっと忘れているのだ。そんなことを繰り返しているうちに、十七日間のオリンピックは終わってしまった。当初は先が長いような気がしたのに、振り返るとあっという間に終わった感覚だった。

そして相変わらず猛暑は続いた。できればオリンピックが終わった頃に少しでも気温が下がってくれれば、気分的にけじめもついて、とってもいい感じだったのに、そううまくはいかない。高校野球はオリンピックほど熱中できず、残念ながら猛暑を忘れさせるほどの、強烈なインパクトはなかった。

日中は暑いのも仕方がないけれど、陽が落ちてもまだ熱気が残っている。入ってくる風も相変わらず熱風だし、ひどいときには風が止まってしまい、蒸し暑いカプセルのなかに閉じ込められているような気がしてくる。太陽が出ている日中は仕方がないけれど、せめて夜は涼しくなってもらいたいと思っても、現実はそうではなかった。六時を過ぎても七時を過ぎても、ずーっと暑い。

そんなときNHKの「思い出のメロディー」を見てしまった。出演者は若い人も多いのだが、中心になっているのはタイトル通り、みんなの思い出になっている歌を歌っている方々で、「歌え、じじばば大集合」の様相を呈している。出演している彼らを全員知っている私も、もちろんじじばばの仲間である。

久しぶりに見た歌手たちの姿は、まさに戦後の歴史だった。人工的に容貌が変化した人に対しては、

「前よりもちょっとだけ、不自然なところが少なくなったみたい。こまめにメンテナンスをしていたのかも。現代の技術は進歩しているんだなあ」

と感心したり、アイドルまっただなかだった女の子が中年になっていたりする。昔ほど声が出なくなった歌手を見ると、「老化」という文字も浮かんでくるが、懐かしい歌を聞くのはそれなりに楽しかった。若い頃に聞いた曲はほとんど歌えるのにも驚

いた。なかには私が幼い頃から活躍していて、あまりに昔すぎて古臭いとかダサいという言葉も超越し、容貌や歌が未来的にさえ感じる歌手もいて、

「すごいなあ」

と驚嘆せざるをえなかった。

若い頃に比べて、思うように声も出なくなるし、踊りの切れもなくなるだろう。もっと高齢になると、マイクを持つ手が小刻みに震えたりもする。途中で咳《せ》き込んだりするんじゃないかと、はらはらする。それでも何十年も歌い続けるというのはすばらしい。人の前に出る人は、長く続けていればそれなりに、人々にインパクトを与えられるのだろう。もちろんそういった方々の歌も、私は間違いなく歌えたので、猛暑の夜もちょっといい気分になった。

集中できる大きな関心事があれば、猛暑は乗り切れるとわかった。しかし問題は猛暑の間中、その集中できる事柄がいつもあるわけではないことである。「思い出のメロディー」は出演者のインパクトはあるが、はらはらどきどき感はそれほど味わえないので、猛暑をしのぐには何が起こるかわからない競技系がいい。温暖化の昨今では、きっと来年も猛暑に違いないとうんざりしながら、

「四年ごとじゃなくて、毎年、夏のオリンピックがあればいいのに」

と流れる汗を拭きながら、つぶやいたのであった。

親という立場

親子というのは不思議なものである。親の立場でいうと、子供は子供が生まれる行為をした結果、この世に登場する。もちろん百パーセント生まれるわけではなく、いくら欲しくても子供ができなかったり、欲しくないのにできたりするけれど、子供を産むか産まないかは、親がコントロールできる。しかし生まれてくる子供は親が選べない。なかには子供が親を選んで生まれてくるのだという人もいるが、昨今の親の子供への虐待の多さをニュースなどで見聞きするにつけ、あんなひどい仕打ちを受けるために、あの親を選んで生まれるわけがないと思うのだ。

四十代の知人女性は、

「自分が子供を産んで親になって、同年配の親たちと知り合うと、考え方が千差万別で、本当にいろいろな人がいるって考えさせられるんですよ」

という。子供に対する期待はあるが、それを口にすると明らかに親ばか丸出しなので、黙っている母親が多いのに、照れや恥じらいもなく、自分の子供がどんなに優れているかを自慢する。

「それも誰が見ても、もっともだと納得できる子ならともかく、そういう親の子供に限って性格が悪いんです」

他人から見たら問題のある子でも、親が欲目で見てくれるのは、子供としてはありがたいことであろう。しかしそれが、あまりにとんちんかんなので、公園で知り合ったママ友たちを、どん引きさせているというのだ。

ある母親は娘が美人でスタイルがいいと自慢しまくっている。

「絶対、冨永愛みたいな世界的なモデルにさせる。あの子だったらなれるの」

お人形のようにかわいい子供はいるし、幼児なのにすらっとしたスタイルのいい子もいる。しかし彼女の娘はどちらにもあてはまらない、平凡を絵に描いたような子なのだ。

「顔は直せるけど、プロポーションが悪いのはどうやったって無理ですよね。だから他のママ友と、『いったいどの世界での、スーパーモデルを目指しているのかしら。カピバラ界?』っていってるんです」

その母親は会うたびに、うちの子の足はまっすぐで長いとか、手や足の指も長いと自慢しまくる。しかしそれは彼女一族の基準での話であり、世界基準ではないのだ。知人は、「へえ、はあ」と黙って聞いているらしいのだが、なかにはそういう発言にむかつく母親もいて、

「あなたいつも自慢するけど、あなたの子供って普通中の普通だよ」

といい放ち、険悪な雰囲気になったのを、みんなで執りなした。もちろん陰で、

「よくいった」

とみんなが彼女を褒めたのはいうまでもない。その後、一発をくらった娘自慢の母親は、彼女がいる場には来なくなったという。

もう一人は、自分の夫と義理の両親、そして息子のことを、顔を合わせるたびに自慢する。

「うちの主人はとっても頭がいいから、息子も彼に似てほしいの。お義父《とう》さんもお義《か》母《あ》さんもとっても優しくしてくれるのよ」

そして誰も何も聞かないのに、夫と義父母の三人の出身校がどのくらいの偏差値かを話しはじめ、しまいには年収やローンの金額まで自慢する。ここでも別のママ友が、

「ああ、そう。うちよりも少ないんだね」

と鉄槌《てっつい》を下したら、ぐっと言葉に詰まり、ものすごい形相でママ友をにらみつけた。そして、ふだんは仲よくしてもいない、他のママ友のグループのところにいって、

「あの人、自分の家の年収とか、ローンとか自慢するのよ。信じられない」

などと悪口をいったりする。またそれを鉄槌ママにご注進する人がいて、

「最初に自慢したのは、お前のほうだろー」

とまた一騒ぎ起きたのだそうである。

「はっきりいって、くだらないんです。子供を産んで親になったら、人間的に成長するかと思ったら、そうじゃないっていうか」

知人はため息をついた。たしかに結婚して子供を産まないと一人前ではないなどとよくいわれたものだった。結婚もせず子供もいない私は、

「うるせえな」

と腹の中でむっとしていた。

そういう私も、あと二年で還暦を迎える年齢になった。親という立場にならずに一生を終えるのは確実である。ものすごく気の強いメスネコ一匹が子供のようなものだ

が、人間の子を育てるよりは、はるかに楽をさせてもらっている。向こうがどんなに腹を立てていても、抱っこをして「いい子、いい子」と体を撫でてやれば、ぐるぐると喉を鳴らして事は丸く収まる。しかし反抗期の息子や娘がいやがるのを必死の思いで抱っこして、「いい子、いい子」と頭を撫でたとしても、物事は解決せず、状況が悪化する可能性のほうが大だ。辛く痛い思いをして産み育てたのに、その子供たちに、

「くそばばあ」

などと罵《のの》られたら、私だったら頭から火を噴いて、子供相手に復讐の機会を狙うに違いない。性格的には問題はあっても、人の親になるのは大変だ。みんなよくやっているなと、この年齢になってあらためて感心する。しかし他人に対してはそう思えるが、身内にはそう思えないのが問題なのだ。

このまま六十代、七十代になっても、立場的には子供のままの私は、子供を育てるのが大変だったであろう母親について考えた。私を妊娠したときから、この子が二十歳になったときには必ず離婚しようと、ずっと夫への不信感を持ち続け、その通り、四十三歳のときに離婚した。それから六十歳まで会社に勤めて、

「私は仕事が好き」

といっていたのが、私の稼いだお金を湯水の如《ごと》く遣うという楽しみを見つけてしまったのだった。

母親はお金は無尽蔵に湧き出てくるという感覚しかなかった。それからの金遣いの荒さといったら、すさまじかった。私立の医科大学に通学している、医者にはならない子供が二人いるようなものだった。必需品ではなく彼女が贅沢《ぜいたく》のために、家を含めて二億円近い金を遣ったのは間違いない。そして吸血鬼にちゅーちゅーと血を吸われ続けた私は、今年の十月にやっと実家の高額ローンを払い終わり、ぱっさぱさになっている。吸われた分の血がいつか戻ってくるかしらと期待しているが、これからも、ぱっさぱさのままだと思う。

二十年以上、私の血を吸い続けていた母親も、今は八十歳を過ぎて特養老人ホームに入るような状態になった。軽い認知症もあり、心臓も悪いために一時入院していて、今年の春からリハビリ施設に入所している。面会に行くたびに、実家で同居していた弟について、

「私を追い出して、広い家でさぞかし一人でのびのびしているんだろう」

と憎まれ口を叩いていた。家にじっと籠《こ》もっているよりも、少しでも他人と触れ合

ったほうが、認知症のためにはいいのではないかという、子供たちの考えは通じていなかった。私が、

「あの子がどれだけあんたのために会社を休んだり、いろいろと手を尽くしたと思っているんだ」

と怒ると、

「ふんっ」

と横を向く。弟にはたまに、

「悪いねえ」

と礼をいうけれど、その直後に、

「家を独り占めできていいね」

などと嫌みをいったりする。最近は特に「自分のお金」に固執していて、実家のお金を管理している弟に、お金をくれといい、施設の規約でそれはできないと断られると、

「私がいない間に、私のお金を探し出して使い込んでいるに違いない」

と疑うようにもなった。もともとちょっと変わった性格なので、それが性格による

ものか、認知症のせいなのかはわからないが、こちらが不愉快になるのは事実なのだ。

そうはいっても母親の先は見えているし、そのたびに怒るのも疲れるので、最近は聞き流すようにしている。八十年以上も生きてきたら、様々な辛いこともうれしいこともあったはずなのに、老齢になってそれらが自分を成長させる糧にならなかったのかと首をかしげたくなる。あれほど子供の金を遣ったあげく、それでも最後にまだ「金、金」といっている姿が、子供としては本当に情けない。私は彼女に対して、感謝の気持ちは特に湧かないし、今後も出てこないような気がする。自分が親の立場になっていれば、理解できるのかしらと考えたりもしたけれど、そのあたりは想像もできない。

うちの母親と違い、子供が社会人になって世の中の平均よりも収入がよかったとしても、子供の稼ぎに手をつける親はごく少数で、普通は自分のことよりも、子供がよりよい生活を送れるようにと願う親が大半ではないだろうか。しかしそれは甘い考えで、親という立場でもそれとは関係なく、一人の人間としての深い欲望が、マグマのように心の中で湧き起こっているものなのだろうか。

残念ながら子供は親が選べないので、どんな親であっても、彼らと関わり合っていかなくてはならない。血がつながっているからこその、厄介な出来事も多く起こる。私がぱっさぱさになったのも、これを老齢になったときに活かせという誰かの教えなのかもしれないが、親子というものは因果なものだと、この年齢になって感じるのである。

できるだけ、がんばれ

自分もあっという間に歳をとったが、一九九八年に拾ったうちのネコも、同じようにあっという間に十四歳になった。五月一日に拾い、病院で生後二か月くらいといわれたので、三月三日を誕生日にしている。毎年、雛祭《ひなまつ》りの日に、

「しいちゃん、お誕生日おめでとう」

といいながら、いつもよりグレードアップしたご飯をあげても返事も何もなく、特別な感動もなさそうだ。そのうえ一缶三百円と、きばったご飯に対しても、匂いを嗅いだとたんに前足で土をかけるしぐさをして、私のささやかな愛情表現は無と化すのである。

ネコの年齢の計算の仕方については、諸説あるようだが、生まれて一年半を二十歳として、その後は一年で四歳ずつ歳をとる計算でいくと、うちのネコは七十二歳である。別の計算方法では、ネコの一歳が人間の二十〜二十一歳にあたり、年齢によ

って成人期、中高年期、高齢期、老齢期と分け、成人期は一年でネコの年齢×六歳＋十五歳、中高年期は×五歳＋二十歳、高齢期は×四歳＋三十歳、老齢期は×三歳＋四十五歳と、その時期によって一年に歳をとる年数に差をつけている。ネコの年齢が若いときには、より早く歳をとる計算法になっていて、それに準ずると八十六歳なのだ。

　年齢差が十四歳もあると、いったいどちらを信じていいかわからない。一律に一年に四歳ずつというのもわかりやすいが、ネコを見ていると、たしかに若いときのほうが歳をとるのが速い気もする。人間の場合、同い年でも若々しい人とそうでない人との個体差が激しいのと同じで、ネコでも同じように個体差があるのだ。

　散歩の途中、民家の門柱の上で、首輪をつけたネコが前足を折って座る、ネコ箱状態で船を漕《こ》いでいるのを見かけた。不細工でかわいい、ぶさかわタイプで、太っていて貫禄があるので、八歳くらいかなと見ていると、庭にいた高齢の女性がやってきた。

「この子、チビっていうんですよ」

「かわいいですね。何歳ですか」

と聞いたら、まだ一歳だった。老けてますねとはとてもいえないので、

「かわいいですねえ」

と何度もいってその場を去った。

飼いネコを紹介するテレビを見ていたら、その子はたしかに若くはないけれど、顔立ちもかわいらしく、よぼよぼでもなく、室内を歩き回っているし、階段も上り下りできる。十八歳くらいかと想像して見ていたら、その子は二十四歳の、ものすごいご長寿だった。四歳ずつ歳をとる計算法でも、ネコの二十歳は九十六歳だし、時期によって年数が違う方法だと、二十歳だと百五歳、二十四歳だと百十七歳になるのだった。

うちのネコが人間の年齢として、七十二歳あるいは八十六歳という結果が出たとき、現実のネコの姿を見て、納得できたのは、七十二歳のほうだった。たしかに昔に比べて、しぐさはとても、ババくさくなった。暖かい場所にいると、すぐに顔がアホ丸出しになって、船を漕ぎはじめる。とにかく顔のアホ感がとても強くなってきた。体からも若い頃にはしなかった音が聞こえる。若い頃は、喜んだときの「ぐるるる」という喉を鳴らす音くらいだったのが、「くるるる、くるるる」「ごーごー」「ずぴー」「ん

ごー」「きゅー」という意味不明な音がするようになった。最初はびっくりして、いったいどうしたんだとネコの体に耳を押しつけたり、くんくんと匂いを嗅いだりしていたが、特に問題はなかった。食事はシニア用で、寝る前にはイタリアやドイツ製の、七面鳥、牛肉、ラム肉などのネコ缶を食べたがる。人間も高齢になると肉が好きになったりする人も多いようだが、それと同じかもしれない。

室内やベランダをものすごい勢いで走り回るし、ベランダの向こう側にせり出しているひさしの上を激走して何度も往復し、向かいの一戸建てのお宅のご主人をびっくりさせるのは、昔と同じである。着物を入れてある桐《きり》タンスの上にも出窓から飛び乗り、私を見下ろして、

「にゃあーっ」

と一声叫んで、「やったわ」と威張っている。さすがにかつての「ご近所最強のメスネコ」の看板は下ろしたようで、建物の外には出なくなったけれど、まだまだ脚力は衰えていないように見える。なので、このような状態が、八十六歳といわれると、飼い主としてはちょっと違和感があるのだ。

たとえば有名人で七十二歳、一九四〇年生まれって、どういった人たちなのだろう

かと調べてみたら、浅丘ルリ子、ラクエル・ウェルチがいた。

「わあ、しいちゃん、すごーい。浅丘ルリ子やラクエル・ウェルチと同い年。かっこいーい」

　もちろんネコが、「わあい」と小躍りして喜ぶわけでもなく、盛り上がったのは私だけで、当のネコは後ろ足で、かーっと首すじをかいた後、ふんっと鼻から息を出し、こちらをちらりとも見なかった。それでは八十六歳もと調べてみると、江沢民と石井ふく子だった。この方々に関しては特にネコには報告しなかった。成ネコになってから、私が食事のコントロールをしなくても、ずーっと自分で三キロの体重を維持し続けている、スリムで家中を走り回るうちのネコは、やっぱり八十六歳ではなく、七十二歳と思いたい。

　夏場は飼い主と同じく、あまりの暑さでぼろぼろになっていたネコも、気温が下がってくると元気が復活してきた。昔は冷え性でガスストーブを抱えるように暮らしていたのに、毎日、私がしてやっていた冷え性改善マッサージが効いたのか、それとも脂肪が分厚くなったのか、昔よりも冷えなくなってきたらしい。仔ネコのときとは違うけれど、まだまだ遊びたがる。十四歳にもなったのだから、おもちゃで遊ぶことなどないのではと考えていたが、そうではなかった。ただ歳をとると人間と同じように頑固になり、動く物なら何でもいいというわけでもなく、好きなおもちゃが限定されるようになった。

若い頃はネズミの形をしているおもちゃが大好きだった。チューチューという呼び方も覚えて、

「チューチューする？」

と声をかけると、目を輝かせてにゃあと鳴き、やる気満々でこちらを見ている。引き出しの中から、ネズミのおもちゃを取り出すと、うつぶせになって腰を高く上げて左右に振り、獲物を狩る体勢になっている。そして床におもちゃをすべらせると、ものすごい勢いで飛びつき、つかまえたかと思うとそれを放り上げて床に落ちたところをまたくわえてまた放り投げる。上に放るとなんでこんなに跳べるのかと驚くくらいの大ジャンプでキャッチし、

「わあ、すごい」

と拍手をすると、チューチューをくわえて、「やったわ」という顔をする。それが飽きるまで続いた。ところが最近は、

「チューチューする？」

とたずねても無反応になった。忘れたのかと引き出しから現物を取り出して見せても、何の反応もなかった。大好きだったはずの、釣り竿《ざお》の糸の先にトンボや鳥がついた高額のおもちゃにも興味を示さなくなった。

たまたま小さなポンポンがついたニットの手袋があり、洗濯をしたらポンポンが取れてしまい、それも引き出しに入れていたので、

「ほれっ」

と転がしてみたら、目の色が変わり、まるで仔ネコのようにじゃれて遊びはじめた。ポンポンを追いかけるのはもちろん、自分も床の上でくるりくるりとでんぐり返しをして、動きが激しい。

「七十二歳、がんばっとる」

感心しながら、そんなにポンポンが好きならばと、手芸用品箱の中から、ポンポンメーカーを取り出して、余った毛糸で直径二センチから三センチの大きさのポンポンを、たくさん作ってやった。ポンポンメーカーというのは、厚紙に何百回も毛糸を巻き付け、中央を糸でしっかり結んで、それを球形にカットする作業を、もっと簡便に

できるようにしたアイディア商品なのである。作るのが簡単なので、あっという間にいくつでも作れる。するとネコはそばに寄ってきて、じーっと見ている。出来上がったものを、ほいっと上に放り投げたら、すかさず大ジャンプでキャッチした。そして飼い主の欲目かもしれないが、手袋から取れたポンポンよりも、私が作ったもののほうで、より喜んで遊んでいるのだ。

　自分が作ったもので喜んで遊んでくれると、とことんネコが飽きるまで遊んでやろうという気にもなる。うちのネコはリビングルームで遊ぶのも好きなのだが、もっと好きなのは、トイレである。便器の陰に隠れて、私がポンポンを転がすと、前足でぱしーんと打ち返してくる。そしてまた私が指先で打ち返すと、また打ち返す。これが延々と続くのである。またトイレや玄関の壁の高い位置に当てて、落下するポンポンをキャッチするのも大好きだ。ネコ七十二歳、見事なジャンプを続けているかと思ったら、座って呆然《ぼうぜん》としている。さすがに疲れるらしい。それでも、

「すごいねえ。こんなにジャンプできるヒトはいないよ」

　と褒めると、得意げに胸を張る。来年は七十六歳、もしくは九十歳！　いつまでこんなに遊ぶのかわからないが、ともかく、

「できるだけ、がんばれ」

と毎日、自作のポンポンを飛ばしたり転がしたりしながら、ネコを励ましているのである。

我が道をいけばいい

最近はイクメンが話題になったり、積極的に家事に参加する男性も増えてきた。先日も三、四歳の男の子と手をつなぎ、スリングで赤ん坊を抱っこしている若い父親を見た。左手には幼児、首には赤ん坊、右手には買い物カゴなので、見るからに手一杯なのである。その年齢の男児はじっとなんかしていないから、商品を選んでいるときに、つい手を放すと、ものすごい勢いで走っていってしまう。すると、

「あ、だめ、あっちゃんっ、だめーっ」

と小さな声を出す。しかし走り去る子供にそんな声が聞こえるわけもなく、平気な顔をして店内を駆け回るのである。すると父親は顔をこわばらせて、

「あ、あ、ああっ」

といいながら必死で後を追う。そしてやっとのことで男児を捕まえて、元の場所に戻ろうとすると、また隙を見て男児が逃げる。その繰り返しで、若い父親は鮮魚売り

場の前で呆然としていた。

これが母親だったらもっと厳しい。子供は自分が生きるためにいちばん必要な食べ物を、母親が握っているのを知っているから、いうことをきく。

「わがままばっかりいってると、お菓子を買ってやらないからね。晩ご飯の鶏の唐揚げもやめる」

といわれたら絶望してしまう。なので母親には簡単に白旗を揚げるのだ。しかし父親はそうではないし、子供は本気で怒っていないのも感じ取っているから、父親は脅威の対象ではない。しかしちょっと頼りない父親であっても、子育てに協力しているのは、すばらしいと思う。

父親が家事に参加するのは、妻も働いている場合もあるだろうし、男女関係なく家族なのだから協力するのは当たり前という気持ちもあるだろう。二十代から四十代半ばくらいの年齢の男性で、男は外で働き、女は家にいればよいと考えている男性はとても少ないのではないか。女性の選択次第なのである。子供がいる女性が働くうえで、特に身近に支えている人がいるのといないのとでは大違いだ。私が若い頃よりは、社会の考え方も変わってきたので、働く女性のハードルも多少は低くなってきた。

ＩＭＦ（国際通貨基金）では、日本の女性がもっと働くようになれば、経済がよくなるといわれ、日本でも「働く『なでしこ』大作戦」という、内容はともかく陳腐な名前のスローガンが立てられている。出産後も仕事をしたいと考えている女性が、働けるようになるのはとてもいいことである。私と同年輩かそれ以上の年齢の女性たちは、学校を卒業して仕事をする、ごく普通の進路でさえ、親や世の中から封じられて、自分の気持ちに反して結婚した人もいる。やっと就職しても、その後、仕事か結婚かの二者択一を迫られたり、出産したとなると、

「子供と仕事とどっちが大切なのか」

などと周囲から決断を迫られる。当人は優劣などつけられないのに、仕事を続けていると、母親失格だの子供がかわいそうなどといわれる。男性も非難するが同性である女性たちも非難するのだ。そんな環境で仕事を続けるのは、よほど本人の意思が強くないとできなかった。働く女性の比率が少しずつ高くなってきて、実態がかっこいいかはともかく、それが流行みたいになっていた頃もあったから、しぶしぶ家庭に入った専業主婦の人たちは、苦々しく思っているだろう。

私は若い頃に主婦の悪口をよく書いていた。それは主婦そのものが悪いのではなく、

自分の今の状況に文句や愚痴ばかりをいう人が多かったからだ。今のようにインターネットがあれば、匿名《とくめい》で小ずるい憂さばらしもできただろうが、そんなものはなかったから、私のほうに文句を書き連ねた主婦からの手紙もたびたび届いていた。「自分も東京に生まれていたら、あんたみたいになれたのに」「同じ内容のことを書いて、出版社の賞に応募しようとしていたのに、先にあなたの本が出て、それができなくなった。作家になる夢を潰された」「私が結婚さえしていなければ、もっと自由にいろいろなことができて、あなたよりも有名になれる自信があります」などなど。私はそんな手紙がくるたびに、「へー」「ふーん」「ああそう」としか思わず、

「そりゃあ、残念だったね」

というしかなかった。現状が不満なのであれば、他人にぐずぐずいっている間に、自分で何とかしろよといいたくなった。そういう人たちのいいぐさは、他人のせいで自分がこうなったという理論なのである。物事を決めたのは自分というのが、欠落しているのだ。今は結婚相手の男性も、妻になる女性に対してああしろ、こうしろと命令などしないだろうし、結婚退職を迫る会社もないはずだ。不況なので再就職は難しい時代ではあるが、女性が働ける職場は広がってきた。

そこで家庭に入っている女性たちに働いてもらい、経済を活性化させるという問題であるが、いくら以前より改善されているからといっても、その前に周囲の人の意識の改善も必要だし、保育所の待機児童をなくしたりしなければならないだろう。今、働いている母親たちが苦労していて、それにも対応できていないのに、ただ働く人数を増やしても、どうしようもない。企画だけ大々的に発表して、それを実現する能力がないのは、会社ではできない社員の典型なのだが。家にいる女性に働いてもらって、税金を払わせる目論見がみえみえなのだ。

知り合いの三十代後半の女性が出産し、子供が一歳になった。出産前までフリーランスで忙しく働いていた人なので、私としてはすぐに仕事に戻るつもりだとばかり考えていたので、

「もう少しお子さんが大きくなったら、保育所を見つけなくちゃいけないわね」

といったら、彼女にはその気がないという。子供がかわいくて、べったり一緒にいたいというわけでもない。夏場に赤ん坊が泣いても、「抱っこすると暑いから放置している」「母乳をあげるのが面倒なので、すぐに粉ミルクに切り替えた」といい、子供を持った経験がない私が、どうこういう問題ではないが、

「えっ、それでいいの？」

といいたくなるような生活ぶりだった。彼女の二十代から三十代の、公園のママ友十人のなかで、子供を預けても働くという人はゼロ。それよりも子供にどんな習い事をさせて、どんな学校に入れて、将来どういう職業につかせるかがいちばんの話題になっている。そして家を北欧風のインテリアにしたから遊びに来てと、ママ友たちを家に招待したりする。彼女たちは家庭内の事柄をやりたいので、社会に出て再就職をする気がないのだ。

彼女たちすべてが余裕のある生活をしているわけではなく、平均的なサラリーマンの妻で、住宅ローンも抱えている。給料は上がらないけれど、世の中には安い食品や安い服があふれているので、欲を出さなければ、夫の給料で十分暮らしていける。どうしても足りないときは、実家の親を頼ってちゃっかりもらってくるので、働く必要がないという。逆に子供がまだ小さいのに働きはじめると、

「生活が大変なのかしら」

と邪推されるので、それも避けたいらしい。彼女たちはやたらと人目を気にするようだ。もしかしたら本心では働きたいと思っていても、みんながそういわないので、

自分の意見を正直にいえないでいるのかもしれない。彼女たちの生活ビジョンを聞くと、子供に複数の習い事をさせて才能を見極め、その道のエキスパートになるためにも全面的に支え、「有名人〇〇を育てた母」という立場が、いちばんの喜びになる。彼女たちが働きに出るという選択はどこにも見当たらないのだ。

私は働きたい若い主婦が多いのだろうかと、少し疑問に感じている。これまでは女性の志向の中心が働く女性だったのが、少しずつ主婦に移行している気がする。それも働く必要のない専業主婦である。彼女たちが働きたいと思っているのは、労働時間が九時から五時までで、お給料がよくて休暇も取りやすく、社長以下社員がみないい人ばかりの職場だそうだ。そんなところがあったら、私だって就職したい。彼女たちはお金のために就職をして、いやな思いをしたくないのだ。

仕事というものは上司に叱られたり、理不尽だと思っても頭を下げなくてはならなかったり、ミスをしたりと、自分の至らなさが容赦なく露呈される場でもある。ストレスが溜まる事柄が多々ふりかかってくる。反面、仕事への喜びがあるから、みな会社勤めを続けている。彼女たちは喜びよりもいやな思いはしたくない気持ちのほうが勝っている。家庭内にも問題はあるにせよ、夫や子供から頼りにされ、感謝されているほうが、ずっと気分がいい。そしてパソコンの前に座って、インターネットのアフィリエイトやモニターで小金を稼ぐほうが、ずっと楽しいのだ。

子供を持っても働きたい、また再就職の意思がある女性のために、環境を整えるのは急務だろう。世の中の流れも、ファッションの流行と同じように、生活スタイルの流行もある。それに関係なく、しっかりとした自分を持っている人は、多少の障害があってもじっと耐えて進んでいくけれど、ちょっとでも人目が気になるタイプは、自分の考えもなく我慢する気もなく、流れのなかに身を置けば流行の中心にいられると考えている。

世の中にはぶれやすい人が思いのほか多いものだ。働いても働かなくても、それは個人が決めればいい。世の中の流れに惑わされず、他人をうらやむことなく我が道をいけばいい。自分自身を見失った、根っこのないなでしこが増えないことを祈るばかりである。

寿命はやって来る

私が生まれて五十八年間、世の中にはおびただしい数の健康法が出てきた。子供の頃、母親がどこで聞いてきたのか、広口瓶に酢をそそぎ、殻のままの生卵を投入する、酢卵なるものを作りはじめた。いったい何をしているのかとたずねたら、彼女は、

「卵を殻のまま漬けておくと、そのうち殻が溶けてどろどろになって、それをちょっとずつ飲むの。体にとてもいいんだって」

という。私は、

「げええ」

といってその場を離れた。家族のなかで酢卵の出来上がりを楽しみにしているのは母だけだった。日に何度も冷蔵庫を開けて広口瓶を眺めては、

「まだ殻が溶けない」

と残念そうにしている。よくあんなものを口にしようという気になるなと私は呆れ

ていたが、母は「体にいい」というその部分を信じて、毎日、待ち遠しそうに瓶の中を見つめていた。

　一週間ほど経って、

「ほらー、溶けた、溶けた」

　母親は手にした広口瓶を、小躍りして私と弟に見せた。中にあるのはぶよっとした妙な物だった。泡立っているのも、不気味さを強調していた。私たちが「ぎゃー」だの「げー」だのいっているのに、母はすました顔で蓋を開け、柔らかくなった卵を箸でつついた。中身がでろ〜んと出てきた。怪獣映画の特撮を見ているかのようだった。そして皮膜のようなものを取り去り、中身をかき回した。それを小さな器にすくい、水で薄めて鼻先に持っていった母の顔色がちょっと変わった。

「ほーら、やっぱり飲めないんだ」

　私がからかうと、母はむっとしてこちらをにらみ、一気に口の中に入れた。

「わあー」

　私たちは思わず声をあげた。すると母は顔をしかめ、

「こりゃ、だめだ」

とつぶやいて、洗面所に走っていった。本来ならば甘みを加えて飲むのに、母はそれを知らなかった。その後、酢卵は一切、目の前に現れなかった。

次に仕入れてきた健康法は、卵黄だけを鍋で真っ黒くなるまでかき混ぜ続け、水分がとんでぱらぱらになったのを、瓶に入れて少しずつ飲むという代物だった。それはインスタントコーヒーの空き瓶に入れられていたが、ほとんど減っている気配はなく、いつの間にか瓶は姿を消していた。これで懲りたらしく、母がその後大流行した紅茶きのこに興味を示さなかったのは幸いだったが、ぶら下がり健康器は買っていた。やはり流行の健康法は無視できなかったのである。

私も健康法が気にならないというわけではない。どちらかといえば興味を持つほうだ。過去には玄米食をしたり、足裏を棒やローラーでつついたり、刺激していたこともある。たしかにそのときは、効果があったような気もするが、今はどちらも続けていない。とても飽きっぽい性格なので、続けられないのと、玄米食の場合はしばらくの間はいいのだけれど、続けていると、胃が痛くなってきて逆効果なのではないかと感じるところもあったので、何十年も続けていられなかったのだ。

最近は冷えの問題が取り上げられていて、靴下の重ね履きも注目を浴びている。体調がよくなった人が大勢いるらしい。私は昔から夏場でも裸足になるのは苦手で、必ず靴下を履いている。また寒いときは靴下を重ね履きする。もともと冷えやすい体質なのだろう。しかし寝るときはどんなに寒くても靴下は履かない。好きじゃないのである。

「冬場は靴下を履かないと寝られない」

そういう人も多い。足が冷えすぎて寝付けないのだそうだ。たしかに末端が暖かいと気持ちはいいけれど、寝るときに手袋をしているとどこか気持ちが悪い。私にはそれと同じような感覚が、ベッドの中で靴下を履いているとあるのだ。人それぞれだなあと思う。

家にいて靴下を重ねて履くときは、私は肌にいちばん近いところに身につけるものは、全部絹と決めているので、靴下も五本指の絹である。真夏はこれ一枚で、寒くなるにつれて、その上に木綿の五本指の靴下を重ね、真冬はそれに自作の毛糸の靴下か、ウールのものを重ねる。どんなに重ねても三枚。そうしないと靴が履けない。冷え取りの靴下の記事を読んだら、靴下を重ね履きすると、足が大きくなるので、ワンサイズ大きな靴を履けばよいと書いてあった。

ふーん、そうかと、靴下の四枚重ね履きを試してみた。そのためにワンサイズ大きなスニーカーも購入した。ところがふだんは22・5から23なのに、23・5を履いたとたん、やたらとつまずくようになった。歳をとると足の筋力が衰えて足が上がらず、普通に歩いていても、つまずいたりするというが、それまでそんなことはなかったので、靴底が長くなったことで、体がその感覚についていけなかったようだ。行進するように足を上げれば歩けるが、それを実行するのはとても無理なのだ。

靴下を重ねても履ける靴は、基本的に私の体に適したサイズではない。なので靴下を重ね履きするときは、もとから自分が履いている靴が入る範囲で、重ねればいいと思うようになった。そうなると薄手のもの三枚が限界なのだ。しかしきちんと冷え取りを実践している人のなかには、六枚から十枚も重ねて履いている人もいるという。それがその人にとって快適ならば何の問題もないけれど、まじめに取り組んでいない私がいうのもなんだが、どれだけ足が大きくなってしまうのか。どんなに大きな靴を履かなくちゃいけないのか、見当もつかない。

他にも中高年になったら、小太りが健康の元といわれていたのが、やはり痩せているほうがよいという、アンチエイジングも含めた説も出てきた。最近はまたそれに反論する「小太りがよろしい」という説が盛り返してきている。ご飯は血糖値を急に上げるので食べてはいけないという説もあれば、日本人にいちばん合っているのはご飯という説もある。高齢者には肉より魚といわれていたが、今は高齢者こそ肉を食べるべきという説もある。相反する説でごっちゃごちゃなのだ。

知人が学生時代にお世話になった男性の葬儀に行ったとき、棺《ひつぎ》のなかの顔の横に何かが置いてあった。場所が場所だし顔を近づけてみるわけにもいかず、いったい何なのかと気になって仕方がなかった。控え室で友だちに、

「顔の横に何かあったでしょ。あれって何なの」

と聞いてみた。すると友だちは、

「カツ丼の切り抜き」

と耳元でささやいた。

「えっ、カツ丼?」

意味がわからず首をかしげていると、八十歳で亡くなった彼は、医者からの指示でもないのに、何を根拠にそうしたのかはわからないが、長生きしたいと自発的に肉を断ってから四十年になっていた。もしも葬儀について遺言があるのならと、遺族が机

の中を調べたら、いつも持ち歩いていた手帳があった。そのなかを開いたら、そのカツ丼をはじめ、すきやき、ステーキといった肉料理の切り抜きが出てきたのだという。それもちゃんとした写真ではなく、雑誌やチラシからの切り抜きで、よほど長い期間、携帯していたらしく、どれもぼろぼろになっていた。あまりに大事にしていたので、一緒に棺のなかに入れてあげたと、遺族が話していたと教えてくれたのだった。

その話を聞いた私と知人の一致した感想は、

「そんなに未練があるなら、肉、食えよ」

だった。きっと彼は手帳を開くふりをして、我慢しているカツ丼の切り抜きを眺めては、食べたつもりになっていたのだ。だいたい食べたいという欲求がなければ、カツ丼の切り抜きなんて持ち歩くはずがない。八十年の寿命が長かったのか短かったのかは、本人に聞かないとわからないが、

「命が二年短くなったとしても、カツ丼を食べたほうがよかったんじゃないのか」

といいたくなった。病気の治療で厳格に守る必要があったのならばともかく、カツ丼やすきやきを、楽しみにたまに食べるくらいなら、問題ないはずである。切り抜きのカツ丼が食べられるわけでもなし、我慢なんかしないで、食べたいときは食べちゃ

えば、よかったのだ。とても自分に厳しい人だったのだろうが、健康のためとはいえ、彼が手帳に挟んだカツ丼の切り抜きを、何十年もの間、じっと眺めている姿を想像すると、とってももの悲しい。

どんな健康法をやったところで、寿命はやって来る。それを少しでも引き延ばしたいというのが、健康法に関心を持つ理由だろう。またダイエットと同じように、確実なものがないから、健康法も次から次に出てくる。人それぞれ体質も先祖代々受け継いだDNAが違うのだから、ひとくくりにするのは無理なのだ。私は軟弱な人間なので、我慢よりも自分の食べたい欲求が勝ってしまう。結果、微妙に不調になったりするのだが、そのたびに、

「あーあ、やっちゃった」

とちょっとだけ反省し、しばらくはおとなしくしているが、体調が戻るとまた過食気味になる。その繰り返しである。厳しく自分を律するのはとても立派だし、私もそうありたいけれどもとても無理だ。我慢しすぎるほうがストレスになって体を壊しそうだし、亡くなるときにこの世に未練を残したくない。カツ丼の切り抜きの件を聞いてから、私は健康に関する最低限の必要な我慢はするが、それ以外は自分で枠など作

らず、

「あーあ、またやっちゃった」

とへらへらしながら、微調整しつつ生きていくつもりである。

漢字を出直す

先日、外出先の駅の近くにある書店に立ち寄ってみた。最近は重い荷物を持つのが苦になってきたので、本もまとめてインターネットで購入することも多いのだが、近くに書店があるとわかると、つい入ってしまう。画面のなかだけでは知ることができない本がたくさんあって面白い。文庫、新書、単行本はもちろん、絵本、児童書、実用書などもチェックしなくては気が済まないので、大規模書店はあまりに時間がかかりすぎるのでやらないけれど、そこそこの規模であれば、隅から隅まで見ていく。書店員からすると、あっちへこっちへとうろつき回る、不審なおばちゃんがいると、要チェック人物になっていることだろう。

その日も店内の棚を上の階から順番にチェックして一階に下り、ふと傍らの平台に目をやると、亡くなった百一歳の詩人、柴田トヨさんの追悼コーナーができていた。

「ああ、そうだ。亡くなられたのだった」

と思いながら見ていると、何か変なのだ。いったい何が変なのだろうかと、もう一度よく見たら、本の傍らにあった書店員の手書きのＰＯＰに、

「柴田トヨさん、追悼」

とあったのである。

私はしばしそのＰＯＰを眺め、

「柴田も追悼も書けたのに、なぜカタカナのヨの字が書けなかったのだろうか」

とあっけにとられていた。たとえば柴田が「紫田」、追悼が「追卓」になっていたら、本を取り扱い、読んでいるであろう書店員としたらちょっとまずいとはいえ、

「まあ、仕方がないか。ちょっと間違えちゃったのね」

と許せる気がするけれど、トヨが「トヨ」となっていると、

「うーむ」

とうなるしかない。

たしかにヨの字とヨは、似てるといえば似てるけれど、これを間違えるのは小学校低学年レベル、というか今の幼児はお受験のために勉強しているので、もしかしたらそれ以下ではないか。書いた人は「柴田」はＯＫだが、「追悼」はちょっと自信がな

かったので、携帯でちょっと調べて確認したかもしれない。しかしカタカナに落とし穴があったのだ。おまけにそれが、内部資料等で一部の人の目にしか触れないものならともかく、ＰＯＰという、なるべくたくさんの人の目に触れなければならないものに書かれていたとなると、まさに、

「あーあ」

という感じなのだった。

私が書店を訪れたのは夕方だったし、柴田さんが亡くなられてから、何日か経っていたので、それは何人もの人が見たはずだ。同僚の書店員も気がつかなかったのだろうか。私は「柴田トヒ」と書かれたＰＯＰを見ながら、

「字が間違ってますよ」

とレジのお姉さんに教えようかどうしようか、ものすごく迷ってやめた。このままちょっと放っておいたほうが面白いかなと思ったのと、

「トヨさんがトヒさんになっています」

ということすら恥ずかしくて、そのまま書店を出てしまった。その後、あれがどうなったかとても気になり、一週間後、またその書店に行ってみたら、追悼コーナーご

と撤去されていた。柴田さんのお名前が訂正されたかどうかは、わからずじまいだった。

他人の書き間違いはすぐわかるが、自分がちゃんと読み書きできているかというと、自信はない。特に最近はそうである。手紙、メモ等はすべて手書きにしているけれど、これから脳の働きもよろしくなくなるだろうから、もっと手で書く機会を増やそうと、一部、原稿の下書きを手で書いて、清書をパソコンに打ち込んで、それを送信するという方法をとるようにした。私はキーを打つ速度が速いので、変換が間に合わず、いらいらすることが多い。その点、手書きだと自分のペースで書けるので、書く勢いがついているときは、キーボードよりも速い。ただ、全体を見て段落の入れ替えなど、推敲《すいこう》が簡単にできないのが困る。手書きの原稿よりも、プリントアウトしたもののほうが、より細かい部分のチェックができるような気がする。

そこで比較的締切がゆるい、書き下ろしの下書きから手書きにしてみたのだが、一時期に比べてスムーズに書けるのには驚いた。以前は手書きに戻そうとすると、原稿用紙を目の前にしたとたん、ぐっと頭の中が詰まってしまって、手がまったく動かなかった。キーボードに慣れてしまったせいか、右手に鉛筆やペンを持っただけで、一文字も書けなくなった。ところが最近は、そんな緊張もなくなったのか、結構、すらすらと書けるようになり、ふと気がつけば四百字詰めで、内容はともかくあっという間に十枚書けている。

「これはいい具合だわい」

とある程度手書きの枚数がまとまると、それを推敲がてらキーボードで清書していくのだが、あらためて自分の書いた文字を見ていくと、

「この字、違ってる……」

というものが結構ある。さすがに仮名やアルファベットは間違わないけれど、漢字はいまひとつ自信がない。これからますます頭の働きが鈍くなっていくだろうし、英語の習得はずいぶん前に捨てたので、今後は漢字を正しくきちんと書けるようになるのを目標としようと心に決めたのだ。

クイズ番組を見ていると、国語、漢字、書き順の問題も多い。少し前だが、「うらやましい」はどう書くかという問題が出た。十秒という制限時間もある。私はネコを膝の上にのせてテレビを見ながら、

「えっ、うらやましい？　ああ、あれだ、『せんぼう』の『せん』の字だ」

と思ったのだが、望の字はわかるのに、「せん」の字が何だったか思い出せない。少しでも手がかりを探そうと、脳みそをフル稼働させてみたら、インターネットの掲示板で見かけた、「うらやましい」を「裏山」と書いてあったのが、脳内でしゃしゃり出てきた。

「違う！　それじゃない！」

頭を横に振って「裏山」を消したものの、どうしても「せん」の字が出てこない。必死に脳みそを絞り上げた結果、字のおおまかな形は思い出した。しかし下半分の左側が、にすいだったかさんずいだったかがはっきりせず、結局、時間内には答えられなかったのだ。

これはいかんと反省した私は、大学入試用の漢字の本を買ってきた。書き取り、読み、対義語、類義語、同音異義語、四字熟語などの問題が並んでいる。一冊は必須で、もう一冊はより難しくなっている。まだ全部はやっていないが、いちおう必須編のほうは何とかクリアできたものの、難しいほうは読むのは勘でできるが、書くほうはとてもあぶなっかしい。順番に伝える「ていでん」、文章を推敲する「ちょうたく」、「くすぐる」が書けなかった。ちなみに私が使っているパソコンのソフトでは、「ちょうたく」以外は変換された。またちょっと見は書けているようでも、細かく見ていくと点が足りなかったり、横棒が一本足りなかったり、

「どうしてこんなふうになっているんだ。デザイン的に変じゃないか」

と文句をつけたくなるほど、漢字を正しく書くのは難しかった。

また小学校で習う漢字を、書き順通りに書けるかを競うという番組を見ていたら見事に撃沈した。私の書き順はほとんど間違っていたのである。最初に番組を見たとき、あまりに自分の書き順が間違っていたので、これはたまたまに違いないと悔しくなって次の週も見たら、問題の半分しか合ってない。「右」と「左」の書き順は違っていて、「右」は払いから、「左」は横棒からと知っていると得意になっていたが、そんな程度ではなかった。考えてみれば、ふだん言偏のつく漢字を書くときは、下の口をぐるっと丸を書いてごまかしたりして、ひどいものである。「必」など私は「心」の変形みたいなものと勝手に考えていたので、左の点から書いていたのだが、正しくは真ん中の点が一画目だという事実に驚愕してしまった。小学校で習った漢字なのに、あまりに間違えてばかりなので、

「書き順なんて教わったっけ」

と首をかしげた。私を教えてくださった先生方は、さぞかし嘆いておられることだろう。

先生にちゃんと教わっても、書道を習っている人でもない限り、大人になって書き順を意識することはほとんどないのではないだろうか。誤字を書かないという結果が大事であって、その過程の書き順などどうでもよくなる。書き順は漢字を書いた際に、いちばん文字としてバランスがとれる書き方のようだが、字のきれい、汚いはあるけれど、とりあえず文書に誤字がなければ問題はない。しかも今はパソコンのおかげで、どんなに字が汚くても、「言」の字を口から書いていたとしても、漢字を選択できる能力があれば、どこに出しても恥ずかしくない、誤字のない文書が出来上がるのだ。

いちおう文章を書いてお金をいただいている私としては、自分の書き順のひどさに恥じ入った。また書店に行って、書き順もちゃんと書いてある、小学生向きの漢字辞典を買ってきて毎日見ているが、驚愕の連続である。特に匡、匠などの「はこがまえ」の漢字は、私が勝手に、最初に箱があってそれから中に物が入るに違いないと考えていたので全滅だった。トヨをトㅌと書いてあるのを見て、

「あーら、たいへん」

と苦笑いしている場合ではなかった。この歳になって恥ずかしながら、一から出直しである。

妄想の一人歩き

私は携帯電話は持っていないが、パソコンでインターネットを使わない日はない。原稿はメールで送るし、ゲラがＰＤＦで送られてくる出版社もある。買い物をするときもあるし、調べ物もまずインターネットを使う。最終的には本などで情報の真偽を確認したり、複数の意見があれば自分なりに結論を出したりはするけれど、インターネットが必要な日常を送っている。

そんななかで、インターネットで見なくてもいいものを目にする場合も多い。知人の悪口が書いてあったり、私の悪口が書いてあるのも何度も見た。ほとんどの場合、彼らの悪口は妄想《もうそう》や無知から生まれた、明らかな勘違いが多い。その人物を気にくわないのは事実だろうから、嫌いならばどこが嫌いなのかをきちんと書けばいいのに、それができないから、評判が悪くなりそうな人物像を妄想してでっち上げて文句をいう。そんなことをしても、理屈が通らないのがわからないのかと首をかしげたくなる。

あるとき、ある雑誌に掲載された私の写真を転載していて、明らかにカメラマンの権利を侵害しているのではないかと思われる男性のブログがあった。そこに私の悪口が書いてあったのだが、底が浅い人間のくせに、出版社から「先生」と持ち上げられているから気に入らないそうだ。出版社からはきちんと応対していただいているが、「先生」と持ち上げられているというのは、明らかに彼の妄想であり無知による勘違いである。出版界の隙間産業で生き残っているだけなので、そんな立場になるわけもない。「先生」と持ち上げるというのも古臭い妄想だ。ご高齢の作家の方々にはありうるかもしれないけれど、今はほとんどそんなことはない。ありもしないことを根拠にして悪口を書くのは、いったいどういうつもりなのだろうか。

また私の本の悪口を書いている女性がいて、その人は本のタイトルの横に、この本が好きな人は読まないようにと注意書きを付けていた。悪口を書いたから、好きな人は読むなというのは変だというのがわからないらしい。最初に彼女の友だちが、私の書くものがあざとくて大嫌いだといっていたとある。私は自分を嫌いな人にまで本を読んでもらいたいとは思わないので、文章を読み進めていくと、どうやら彼女は一から十まで文章で説明してもらわないと、内容が理解できない人のようだった。いわゆる読解力のない、行間が読めない想像力がないタイプなのだった。

私は自分が完璧な人間だとは思っていないし、書いた本もすべて完璧な出来だとは考えていない。しかし自分の読解力不足を棚に上げて、世の中に悪口を発表するなんて、すごい度胸である。またいちばんびっくりしたのが、彼女が悪口を書き倒した、私の本のアフィリエイトを貼っていたことだった。

「あんた、あれだけ書いておいて、それで小銭を稼ごうとしてんの」

私の感覚でいうと、アフィリエイトは、自分のおすすめのものをみんなに買ってほしいから貼るものなのではないか。それで微々たる額であっても、買ってもらったなかから、自分の懐に入るというしくみなのだと考えていたが、自分が悪口三昧《ざんまい》書いたものまで、アフィリエイトを貼るって、どういう神経なのか。これって今は普通なのだろうか。私だったらあれだけ悪口を書いてある本を、買おうとは思わない。彼女が小心者なので、突っ込まれたときに、「宣伝になると思った」といい逃れをしようとしたのだろうか。本について書きたいというよりも、アフィリエイトを貼るために利用されただけという気がした。これは私の想像であるが。

インターネットを利用すると、地雷を踏む可能性があるので、どのへんで検索をやめるかが難しい。私は着物が好きなので、ずいぶん前に個人のホームページをいくつか見たことはあるが、着物関係の個人サイトを見る習慣はなかった。しかしそれから十年近くも経ち、みんなどんな情報を持っているのか、ふだんに着る着物の検索をして、まず掲示板を見てみた。掲示板についてはいろいろな話も耳にしていたけれど、着物が好きな人が書き込んでいるのだから、そんなにひどくはないだろうと考えたのである。毎日着物を着ている人たちの掲示板は、日々、どういうものを着ているかとか、洗濯はどうしたらいいかなど、情報交換をしたりして、のんびり進んでいっている雰囲気だった。

　ところが着物サイトについて、書かれている掲示板を見たとたん、あまりのすさまじさにびっくりした。私が見た数少ない掲示板のなかで、いちばんひどかった。標的になるのは、アクセス数の多い人気サイトである。趣味が合わないからはじまって、着付け、ヘアスタイル、容姿に対する悪口はもちろん、配偶者、実家の家族、収入、しまいには住所はどこかまで詮索している。これも妄想からはじまり、その妄想が一人歩きをして、結局、それが真実のようになって、彼女たちの仮想の姿が作り上げられてしまい、それに対して悪口が書き連ねられているのだ。なかにはまともな人もいて、たしなめたり、こういう状態はまずいのではないかという書き込みもあったりするが、罵詈雑言《ばりぞうごん》ばかりの流れでは、まともな人はほとんど寄りつけないようだった。

子供がいない既婚女性に対しては、着物を着て出かける暇があったら不妊治療に行けとか、私よりも少し年上の方々が友人たちと外出している画像に対して汚いといったり、容姿に対しても悪態をついている。そんなにひどいのかと、彼女たちのブログを見てみたけれど、何の問題もなかった。なのに着物の着方が悪いだの、趣味が悪いだの、あの着物はリサイクル店で買ったに違いないとか、

「あんたたちは小姑か」

といいたくなるくらい、こうるさい。いったい悪口を書いている人たちは、何を基準にして彼女たちを罵っているのだろうか。

若い人が着物を着たいと思ったときに、これまでの、着物に関して守らなくてはならない面倒な事柄がネックになるといわれていたせいか、最近は基準がゆるくなってきた。しかし掲示板の悪口を見ると、着物を着るためにネックになっていたといわれていた、着物雑誌の皺《しわ》ひとつない着付けや、やっぱり背が高くて細いモデルが着ているのがいちばんきれいという感覚が、結局は根強く残っているようだった。自由に着

たいといいながら、いざそういう人を見ると、着付けがどうの、コーディネートがどうのと文句をつける。人それぞれでいいんじゃないのという、おおらかな人は、掲示板にはいそうもなかった。

その掲示板はほとんど個人攻撃であり、集団いじめだった。ブログの内容に関してだけならともかく、妄想による本人や家族に対する暴言など、よくそんなことまでいえるものだと呆れてしまう。対象になる人たちのブログのなかには、一日何万アクセスもある人がいる。悪口を書いている人のなかには、一日に何万ものアクセスがある人は、その何割か、つまり何万回、何千回と悪口をいわれて当然などと書いていた。それが何を根拠にしたものなのか、とても理解しがたい。

私が三十歳くらいの頃、好きで着物を着ていると、こうるさいおばさんたちから、聞こえよがしに、若いのに大島を着てるとか、ふだんにどうして着物を着てるんだなど、何度も悪口をいわれた。それでへこむような性分ではないので、そんなときは逆に彼女たちに、にこにこ笑いながら近づいていった。あわてて逃げていく人たちもいたし、じっと顔を見た私に対して、顔を真っ赤にして露骨にそっぽを向き、知らんぷりをした人もいた。あせる彼女たちの姿を見ながら、私は内心、「勝った」とうれしくなった。ただ好きな着物を着て歩いているだけなのに、突然、見ず知らずのおばさんに棒で叩かれたのを、それを奪い取って脳天に一撃をくらわせてやったような気分になった。

それから三十年経って、自分のことは棚に上げて、人の悪口をいうおばさんたちはきっと死に絶え、これから着物を着る人たちは、あのような不愉快な思いをしなくても済むからよかったなあと考えていたのに、インターネット上に小姑が巣くっていた。まさに小姑鬼千匹だった。おばさんたちは絶滅したと喜んでいたのにその小姑根性は、残念ながら私よりも若い世代に受け継がれていたのだった。

悪口を書き込んでいる人は、ブログの彼女の態度や着物の趣味のせいで、着物を着ている人間が、みんなそうだと思われたら困るといっている。私としては掲示板に匿名で他人の悪口を書いているような人には、着物好きといってもらいたくない。どうしても気になるのなら、コメント欄やメールOKの人もいるのだから、アドバイスしてあげたらいいのにと思う。しかし彼らの理屈では、そっちのほうが失礼で、掲示板に書き込むほうが、相手に対して気を遣っていることになるんだとか。根本的に私とは考え方が違うのだ。

インターネット上で他人の悪口をいって優越感を覚えたり、嫉妬や僻《ひが》みから解放されたりする人は多い。そうでなければあちらこちらでこんなに罵詈雑言が続くわけがない。匿名で悪口を書いている人たちは、標的になった人たちよりも、精神的に貧しいのは間違いないのだから、とにかく無視するに限る。誰かが掲示板は便所の落書きだといっていたのを思い出したが、その通りだった。気分が悪くなってくるので、それからは掲示板をまったく見ていないし、地雷を踏みそうな検索はしていないが、掲示板も今は少しはましになっているのだろうか。私は標的になった人たちより、罵詈雑言を書き続けている人たちが、どんな日々を送っているのかに、激しく妄想をかきたてられるのである。

エンディングノートの書き方

最近、私の周囲では、エンディングノートを買ったという女性が多い。昔は遺言状など、家長である男性しか書かなかったのではないか。女性はそれに翻弄《ほんろう》される立場であって、小説や芝居では、家長が亡くなって遺言状を見てみたら、家族が知らない別宅があって、愛人がいたり、腹違いの子供がいたのが発覚する。相続する可能性のある人物が登場したものだから、

「まさか、そんなことになるとは」

と遺産の算段をしていた本妻や子供が、取り分をめぐって大騒ぎになるという設定も多々あった。また私よりも年上の人たちからは、遺言状をめぐるトラブルをたくさん聞いた。

今まで仲がよかった兄弟が、遺言状の内容をめぐって大喧嘩になった。母親と三兄弟に遺言に従って分配されたのだが、事業を起こしたときをはじめ、父親から何かに

つけて援助をしてもらっていた長兄に対して、弟たちが、

「生前も父親に取り入って援助してもらったくせに、遺産を等分するなんて図々しい。生前の援助の分は差し引いて、それを自分たちに分けるべきだ」

と文句をいいはじめたのである。長兄のほうは、

「生前にもらった分は関係ない。遺産の分配は遺言に従っただけ」

と無視したものだから、それ以来、兄弟は絶縁状態が続いているといっていた。遺言状のトラブルの話のたびに、

「金の切れ目が縁の切れ目」

という言葉を耳にタコができるほど聞かされた。遺言状があるからといって、遺族の関係がすべて丸く収まるわけではないが、譲るべきものがある人は、きちんとしておいたほうがいいのだろう。今では女性も起業して、社員を抱えている人も多く、そういう人は亡くなった後の様々な問題を、残った社員に託すのに、遺志を表明することは必須だろうし、そうではない女性でも自分個人の問題として、エンディングノートを購入する場合も多くなったようだ。

会社を経営している女性の友だちは、五十歳になった十二年前から、遺言状を書い

ていて、時間が経つうちに社会や仕事の状況も変わるので、毎年、年頭に書き換えるといっていた。彼女は社員を抱えているし、資産もあるので、亡くなった後、

「あとは勝手によろしく」

というわけにはいかない。自分で仕事をしているといっても、私は事務所も構えていないし、昔も今も社員などおらず、それどころか飼いネコの僕《しもべ》としての地位しかない。なので私は、経営者としてまっとうな彼女の話を、

「ふーん」

と他人事として聞いていた。当時私は四十代だったし、具体的に遺言状について考えたこともなかった。唯一、三十九年前の二十歳のとき、アメリカに行くことになり、万が一、飛行機事故に遭ったときのために、いちおう遺言状は書いていった。それは友だちが、私が持っていた本やレコードを形見分けに欲しいといっていたので、

「○○ちゃんに植草甚一スクラップ・ブック。

△△ちゃんにはピンク・フロイドとEL&PのLP全部」

などと書いて、署名捺印《なついん》した簡単なものだった。無事帰ってこられたので破棄し、それから遺言状というものとは、完全に無縁だった。

ところが還暦を前にすると、ほぼ同年代の女性たちが、働いていても主婦であっても、「エンディングノート」の話をする。遺言状というと果たし状や血判状と同じようなイメージで、緊張感が漂うけれども、英語にするとどんな重い内容でもライトな感覚になるので、身近に感じられるようになったのかもしれない。うちの近所の文房具店にも「エンディングノートあります」と貼り紙がしてあるし、書店に行けば、各種「エンディングノート」を売っている。書き方の指南書もある。それを見ても、あそうかと思っただけなのだが、同年輩の友だちが何人も「エンディングノート」の話をするので、

「私も考えなくちゃいけないかしら」

と気になってきた。

といっても莫大《ばくだい》な貯金があるわけでもないし、実家の名義の三分の二は私のものだが、ただそれだけである。昨年、やっと実家の高額ローンを完済したので、どれくらいで売れるのかと調べてみたら、その地区の土地代が下落していてひどい有様だった。某不動産会社が造成して一大住宅地を造りたかったようだが、思い通りに販売成績も上がらなかったのか、その会社は倒産した。商業施設も誘致して、広い家、お買い物

も便利のはずだったのが、すべてがしょぼくなったので、商業施設の話も頓挫し、その土地をずっと遊ばせているわけにもいかないので、墓地にするという話も出てきた。そうなったらもっと土地の価格が下がるだろう。あの世には何も持っていけないのだから、何が手元にあろうが関係ないといえば関係ないが、母親と弟、特に、家を独占したいのか、未だに実家の合鍵もくれず私が実家に入ることすら拒絶する独身の弟に対しては、びた一文やりたくないと考えている。

エンディングノートについて考えていたら、

「そういえば、雑誌の付録についていたような」

と思い出した。本置き場を探してみたら、出版社が厚意で送ってくれている雑誌の付録に、パンフレットのような体裁で、エンディングノートの雰囲気がわかる小冊子がついていた。すべてがそのような体裁になっているわけではないだろうが、まずあったのが親戚関係を記入する親族表だった。

うちは私が二十歳のときに両親が離婚しているので、現在付き合いがあるのは、母方の親族だけなのだが、母方はもちろん父親の親族についても把握している。ところが数年前、母親が倒れたとき、少しでも早く親戚に連絡しなくてはと、実家で母親と

同居している弟に、

「〇〇さんに連絡しておくように」

と叔母の名前をいったら、

「誰？」

とぽかんとしていた。彼が親戚についてまったく認識していないのにびっくりした。ひんぱんに会っているわけではないが、叔父の葬式のときには連名でお香典も差し上げたし、当然、知っているものだとばかり思っていた。五十歳にもなろうという男が、母親の親族や自分のいとこについて、これまで何も知らず、知ろうともしなかったことに呆れた。もしも彼がエンディングノートを書こうとしたら、一ページ目からアウトである。

祖母、祖父、両親のきょうだいの人数や名前、同じくいとこに対して認識するのは、社会人として当然だと思うのだが、明らかに弟にはそういう常識的な感覚が欠落している。女性は既婚、未婚、関係なくそういう部分はないような気がするが、男性は近しい親戚であっても、名前を知らないのは、当たり前なのだろうか。それともやっぱりうちの弟が変なのか。母親が倒れただけでもびっくりしたのに、これまであまりにもぼーっとしてきた弟にもびっくりし、びっくりの連続だった。さすがに彼もまずいと思ったらしく、私が母親のきょうだいの名前、彼らの子供たち、つまりいとこたちの名前も教えて、なんとか家系図は理解したようであった。

親族表の次は友人一覧で、友人の住所等を記入し、入院時、葬儀時に連絡するかの意思を記入するようになっている。私くらいの年齢になれば、誰しも将来に対する不安の一つくらい抱えている。でも私は、同性の友だちさえいれば、何とかなると考えている。主婦もずっと仕事をしていた人も、それなりにこれまで自分が培ってきた分野で、役に立つことがある。この歳になると、それが人間として生きてきた証なのだとつくづく感じる。

「私、二億円の借金があるんだけど」

などという問題には対処しかねるけれど、ごく普通の生活を営むために、手をさしのべられるノウハウは、十分に持っている。中高年になると、お金がないよりも同性の友だちがいないほうが、はるかに厳しい。

考えてみれば、他人よりも身内が一番面倒くさいので、遺言状やエンディングノートは必要かもしれない。私も弟も独身なので、そのあたりはシンプルなのだが、シンプルなだけに腹立たしい部分もある。私の希望はただ一つ、四歳違いの弟よりも長生きすることだけである。日本の平均寿命からすると、男性と女性の差が六歳くらい。なので私のほうが二、三年長生きする計算になるが、じじいとばばあになってまで、お互いに、

「早く死ね」

と期待し合うのは見苦しいので、できればその前に、懸案の事柄が穏便に片付けばいいと思っている。

高額ローンを完済したばかりなので、貯金もほとんどない。あの世に持っていけないのは何とも思わないけれど、弟に金銭を残したくないし、著作権も継承させたくない。著作権については規則があってそれに従うしかないが、現金についてはどうしたらいいのかと考えている。自分が働いた分以上の金を欲しがるような人間に、金を与えるのはよくない。現金は残高がなければ譲れないわけだから、万が一、残っていたら死ぬ間際にぱっと遣ってしまえば譲らなくて済む。

「そうだ、この方式しかない！」

私にしては珍しく頭がよく働いてくれた。しかしこれをエンディングノートに書い

ても意味がない。ということは、生きているうちにうまく遣って、亡くなったときにうまーくゼロにするしかない。そんな神業ができるのか。エンディングノートに何を書くかよりも、葬式をし終えて残金をゼロにする算段をするほうが、私には重要な問題なのであった。

文庫版あとがき

この本では私は還暦前ということになっているが、現在は還暦を過ぎ、高齢者街道まっしぐらである。ありがたいことにうちのネコが元気でいてくれて、今年十八歳になった。六十過ぎのおばちゃんと老ネコが、毎日、ああだこうだいいながら、過ごしている。ここ何十年、同じことばかりを繰り返し、歳だけ取っていく感じがする。

なかでももう一度、見てみたいのは、日中のネコの集会である。あれは貴重な経験だった。週に一度はその公園の前を通るので、またやっていないかなと、いつもチェックしている。主催者側のぱしりだった茶トラと白のぶち、路地から走り出てきた参加者の黒ネコが、公園内を歩いているのは見かけた。

「こんにちは」

と声をかけると、こちらをじっと見るものの、毎度、

「あんた、誰?」

といった感じである。黒ネコと共に参加していた赤茶の子は、いつも公園の前のクリーニング店の店頭に寝転んでいる。水とカリカリが入った器を置いてもらい、お世話になっている様子だ。店内にいる奥さんに向かって、外からわあわあ鳴くと、

「はいはい、ちょっと待っててね」

と声が聞こえ、わがままをきいてもらっているらしい。

雨が降っているときは、公園の奥にダンボール箱をシートで防水加工した、ネコ用雨宿りハウスが出現する。しかし晴れているときは見かけないので、ご近所の方がこまめに面倒を見てやっているのだろう。外回りの営業職らしい若い男性が、缶コーヒーを飲みながら、黒ネコに向かって話しかけているのも目撃した。街中のこういう場所はいつまでも残っていて欲しい。

大震災のときに、トイレットペーパーがなくて困ったのを教訓に、以降、一袋十二ロール分は必ず予備として買ってある。簡易トイレも購入済みである。不要品は一度にぱっと捨てられればと業者に頼み、とりあえず自分で運び出せない粗大ゴミを五十点以上処分してもらった。まとめて捨てると、たしかにスペースは空くし、そのときはすっきりしたような気がするのだが、二、三日経って客観的な目で見ると、まだま

だ物が多いとうんざりするようになった。

　衣類は頻繁には買わないけれど、本は買うので、意識して処分しないとすぐに物は溜まっていく。引っ越しをした知人は、

「すっきりしたと感じるためには、所有品の半分を捨てたくらいではだめ。八割か九割、ほとんどを捨てないと」

　といっていた。たしかにそうかもしれないと深く納得したので、日々、物品の処分は継続中である。

　相変わらず携帯電話も持たない立場で、最近のスマホのCMを見ていると、あまりにその機能がすごくて、

「だまされてるんじゃないか」

　と疑いたくなるほどだ。調べたいことをスマホに向かってたずねると、音声で返事をしてくれたり、不慣れな場所ではナビゲーションしてくれたり、もちろん画像の撮影、音楽も聴けるのだが、スマホの能力が年々アップし続けている。驚くばかりである。でも私はスマホがなくても、問題なく過ごせている。周囲の人にも迷惑はかけていないと思う。漢字のやり直しについては、最近は手書きの文字の下手さが、とても

気になってきたので、きれいな文字を書けるようになると謳っている本を何冊か買ってきて、お手本をなぞったりはしているが、今のところ顕著な進歩は見られない。

適職と、前世占いのところで登場した、前世が「中国のみじんこ」だったNさんは、事前に私が彼女に対して、名前を無断借用した旨を話していなかったので、本を読んで大笑いしたそうだ。

「でも、みじんこって何なんでしょうね？　第一、あれから人間に生まれ変われるんでしょうか」

「だから、あなたは選ばれたトップクラスのみじんこだったのよ」

「わあ、そうなんだ。みじんこ最高！」

彼女は明るく輪廻転生《りんねてんしょう》を受け入れてくれていた。

生きている年月が長くなると、つい、あの頃はこんなふうじゃなかった、などと愚痴をいいたくなるものだ。いつの時代もそうかもしれないが、様々な事柄が起こると、そのたびにがっくりしたりめげたり、胸躍らせたりするのだが、残念ながら、マイナスな気分になる事柄のほうが、少しずつ多くなっていくような気がする。しかしまあそれも仕方がないことである。これからも何が起こっても心はなるべく平穏に、タイトルどおりの平泳ぎペースで、老ネコと一緒にのんびり過ごしていこうと考えている。

二〇一六年六月　群ようこ

この作品は二〇一三年十月小社より刊行されたものです。

幻冬舎文庫

●最新刊
弱いつながり　検索ワードを探す旅
東　浩紀

私たちは、考え方も欲望も今いる環境に規定されている。それでも、人生をかけがえのないものにしたいならば、グーグルより先に新しい検索ワードを探すしかない。SNS時代の挑発的人生論。

●最新刊
のうだま1　やる気の秘密
上大岡トメ　池谷裕二

何をやっても三日坊主。あきっぽいのは私だけ？　いいえ、それは脳があきっぽくできているから。脳の中の「淡蒼球」を動かせばやる気は引き出される。続ける技術とやる気の秘密を解くベストセラー。

●最新刊
坊主失格
小池龍之介

いつも淋しく、多くの人を傷つけてきました。でも仏道に出会ったことで、違う自分へと生まれ変わることができたのです――自らの過去を赤裸々に告白し、「心の苦しみ」の仕組みを説き明かす。

●最新刊
女という生きもの
益田ミリ

「女の子は〇〇してはいけません」といろんな大人たちに言われて大きくなって、今考えるアレコレ。誰にだって自分の人生があり、ただひとりの「わたし」がいる。じんわり元気が出るエッセイ。

●最新刊
山女日記
湊　かなえ

真面目に、正直に、懸命に生きてきた。なのに、なぜ？　誰にも言えない思いを抱え、山を登る女たちは、やがて自分なりの小さな光を見いだす。新しい景色が背中を押してくれる、連作長篇。

寄《よ》る年波《としなみ》には平泳《ひらおよ》ぎ

群《むれ》ようこ

平成28年8月5日　初版発行
平成29年11月25日　4版発行

発行人———石原正康
編集人———袖山満一子
発行所———株式会社幻冬舎
〒151-0051東京都渋谷区千駄ヶ谷4-9-7
電話　03(5411)6222(営業)
03(5411)6211(編集)
振替00120-8-767643

印刷・製本—中央精版印刷株式会社

装丁者———高橋雅之

幻冬舎文庫

ISBN978-4-344-42517-0　C0195　む-2-14

幻冬舎ホームページアドレス　http://www.gentosha.co.jp/
この本に関するご意見・ご感想をメールでお寄せいただく場合は、
comment@gentosha.co.jpまで。